卢思浩
等著

Keep Calm and
Carry On

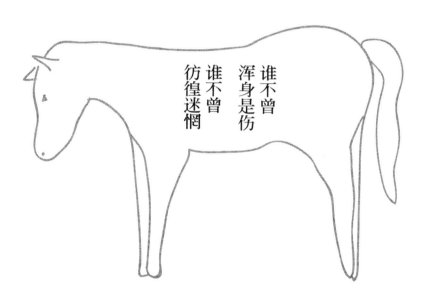

谁不曾
浑身是伤
谁不曾
彷徨迷惘

武汉出版社

（鄂）新登号08号

图书在版编目（CIP）数据

谁不曾浑身是伤，谁不曾彷徨迷惘 / 卢思浩等著.
—武汉：武汉出版社，2016.3
ISBN 978-7-5430-9851-0

Ⅰ.①谁… Ⅱ.①卢… Ⅲ.①散文集–中国–当代
Ⅳ.①I267

中国版本图书馆CIP数据核字（2016）第043655号

上架建议：畅销·文学

著　　者：卢思浩等著
责任编辑：雷方家
出　　版：武汉出版社
社　　址：武汉市江汉区新华路490号　邮　编：430015
电　　话：（027）85606403　85600625
　　　　　http://www.whchs.com　E-mail：zbs@whchs.com
印　　刷：北京鹏润伟业印刷有限公司
发　　行：北京天雪文化有限公司　电　话：（010）56015060
经　　销：新华书店
开　　本：880×1270mm　1/32
印　　张：8　字　数：230千字
版　　次：2016年4月第1版　2016年4月第1次印刷
定　　价：39.80元

目 录
Contents

Chapter 01

致你我折腾来折腾去的青春

卢思浩

把遇到的人见过的事都记下来，趁年轻；
把感动过的奋斗过的都写下来，趁还记得；
跟爱着的人用力牵手拥抱，趁还相爱；
把折腾的青春折腾下去，趁还热血。
要一个其他人都没有的青春，
这样才算活过。

有那么一个人，在你最难过、最无助的时候总在你的身边，在看过你最落魄、最真实、最不堪的一面后也不会离开你，在你失眠的时候凌晨四五点死撑着不睡觉陪你聊天。你考虑过无数个人、无数种情况，偏偏没有想到陪着你的这个人喜欢你，偏偏不知道他迟迟不开口是因为怕失去你。

有那么一段时光，你是某个人的脑残粉，你爱他，你想要知道关于他的一切，任何一点儿风吹草动都能让你躁动不已，他的一言一语你都记在心里。你支持他的所有错误决定，在他难过的时候陪在他的左右，可是他从来不相信你爱他，所以你守护着他，以最好的朋友的名义。

有那么一个夏天，回忆明亮得让你不愿意回想起来，可你越是抗拒越是能想起来。在一次又一次的散伙饭里来回奔波，畅想着未来四年的幸福生活。结果呢？结果那个毕业季那年的天空已经悄然不见了，那间上课的教室早已不知道在哪儿，那个人早就不知道去了哪里，结果那些所谓的时光突然就所剩无几。

于是我们对于这些有了一个定义——青春。

死党 CL 跟他女朋友分分合合好几年，我们这些局外人都为他们揪心。终于，他们什么事情都经历过了，父母不同意也撑过来了，异地三年也撑过来了，甚至连有"小三"牵扯的事情也撑过来了。当我们都以为他们终于可以稳定下来结婚的时候，他们分手了。

我们一直都不知道发生了什么，我们不提起，他也不会主动说。直到有一天我们一帮人聚餐，聊到这话题的时候，他才说了一句："过去的就让它过去吧。"

一句话说得轻描淡写，只是谁都能看得出来他背后的难受。我看着他，突然想：折腾了那么久，什么都没得到，值得吗？

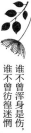

天气越来越冷，在节奏越来越快的生活中，空虚掷地有声，往事却异常安详，没有谁去打扰它，它却总是不甘寂寞。

之后我们共同的朋友出国了。其实他完全不用出国，他家境很好，学业有成，活脱儿"别人家的孩子"，可他还是义无反顾去了法国。

起初我们都不理解他的想法，后来他说："以前我们小，没办法为自己做选择，但这没有什么可遗憾的，因为那时我们没有选择。现在我们长大了，能够为自己做选择了，却又开始犹豫了。我不想让自己遗憾，我想去法国，所以我去了。"

听说他刚开始过得很辛苦，不过现在稳定下来了，读完了硕士，准备读博士，建筑专业，至今我依然难以想象他戴着眼镜认真苦读的样子。

跟他们比起来，我的青春看起来平凡得多。我跟很多人一样喜欢班里的漂亮女生，却不敢去表白；一样不喜欢上课，可还是一副乖乖牌的样子用功学习；一样省吃俭用偷攒零花钱，买上一本篮球杂志……就是这样普通而又平凡，却还是做着要改变世界的美梦。

倒是那天夜里 CL 跟我聊起天来，他问我为什么不找个女朋友。我说，你们一个个的结局都那么悲惨，我不想那么难过。他盯了我半晌才说："卢思浩，这不像你。你不是一向不怕折腾的吗？你不是最害怕遗憾的吗？怎么，这么快，你就要让自己对自己失望了？"

沉默半晌，我又想起之前闪过的那个问题：这样的折腾，值得吗？然后我听见心底的另一个声音：值得。

陈信宏说，青春是手牵手坐上了永不回头的火车；九把刀说，青春不过是淋了雨，还想再淋一遍；《疯狂世界》里说，青春是泼出去的水，用力地浪费，再用力地后悔。

总是凌晨三点的时候还在赶着今天要交的课题，总是翘掉最后那节课去操场追逐那不停的篮球，总是在难过的时候拉上最好的朋友喝个烂醉，总是很强烈地喜欢一个人而不去计较有什么回报，总是不停地受伤又不停地爬起来，觉得自己不可救药可还是不知悔改。

就像去读设计的朋友一样，他说他正年轻，他说他想出发，所以他做到了。

青春是一群不知天高地厚的傻小子拼命地向前冲，然后跌倒；青春是明知道下一句台词是什么，也会毫无意外地被感动；青春就是在你的勇气快要消失的时候，有人告诉你不能怕，要向前冲。

也许三年后、十年后、三十年后的我们回想起来，会觉得这时候的我们无比幼稚，可是只有经历了如此折腾的青春之后，才能明白原

来幸福只是一件可贵的小事。

有多少人愿意在最美好的那几年陪着默默无闻的你？又有多少人愿意毫无怨言地包容你的任性和懵懂？

在那些看起来平凡而又遥遥无期的日子里，因为有了这些人，有了彼此的陪伴和在青春里留下的痕迹，才没有浪费这些年。

或者更应该说，正是因为遇见了你们，才有了我的这些年。

突然有点儿想笑，还好我们遇到了彼此，才让我学会了折腾。因为有这么一群不省心的朋友，我才不得安宁地度过了青春；又因为有努力去实现梦想的榜样，让我时刻不停地朝梦想走着。

以前有时候会想，如果没有遇到你们这帮损友，我的日子会是什么样子。也许很安逸，也许比现在还疯，但是现在的我，已经不再去想那些假设的东西。

就是因为有你们这帮无肉不欢、不损对方不舒坦的损友，我才有了我的这些年啊，我才是现在的我。青春这么复杂的东西，我不懂我也不想去懂，它是残酷、是美好、是遗憾、是疯狂，我都无所谓。因为我已经看到最珍贵的东西，度过很珍贵的那些年了。

那么在最后向这个世界投降之前，再疯狂一次吧。我还有一个牛得要去实现的梦想，我还有一群死党，所以没什么好怕的。

杀死我们的东西，一定是平淡而又安稳的。

每天每夜度过的日子，写过的文章，读过的书籍，看过的电影，认识的那些人，去过的那些不知道名字的地方，所有青春里的这些折腾，慢慢地，会堆砌出你想要的未来。

等到那时候，你就会发现，其实一切都有迹可循。

愿我们老了回忆起来，会有一个嘴角上扬的青春。不，我们老了之后回忆起来，必须有一个嘴角上扬的青春。

Chapter 02

有关这些的回忆，我把它们统称为"旧时光"

卢思浩

你也许也是这样，

刚见面的时候从没想到日后她会在你心里占据那么大的位置；

再或者就是你们互相喜欢对方，

可就是没能在一起。

总是在想要告诉对方的时候发生些什么让你最终没有说出口，

这样的狗血戏码好像总是在上演。

多少人把青春耗在暗恋里，

却没有在一起？

不过没关系，

因为这就是生活。

回忆这东西，它一直藏在你记忆里的某个角落，在你听一首歌、

看一部电影、走过一个拐角的时候，它就会悄悄冒出来，在你以为自

己已经忘记的时候，提醒那些你经历过的时光。

有关这些的回忆，我把它们统称为"旧时光"。

高中时代大概是我所有的旧时光中最特殊的一段。因为这段时光在我当初经历的时候是最最难熬的，可是当某天我回忆起来，发现那时是最美好的。说不定真如书里所说：那些好时光都是被浪费、被辜负的，只有在我们沉淀了岁月以后回过头来看，才能幡然醒悟，那竟是最好的时光。

那还是跟死党们互相叫着外号的年纪，还会做三角函数，经常会为了一道物理题跟死党争得面红耳赤。桌上永远堆着写不完的作业和看不完的教科书，头顶咯吱咯吱直响的风扇常让我莫名地担心它会掉下来，脑海中幻想着随之而来的血腥画面。

那时，每一个暑假都会令人印象深刻，似乎在这短暂的时光里，一定会发生一些炽热而又温暖的事情。

我总是跟最要好的朋友说着将来想要去的地方，他也每每不厌其烦地摆着他的那张臭脸，对我说还是把英语作业好好做完再说吧。而我似乎从来不在乎他的臭脸，照样说着自己的大道理。

那时候我觉得友情这东西比什么都可靠，而衡量两个人友谊的标准，就是看你能忍受住对方多少次"臭脸"。

当然，每个男生在高中的时候都有一个喜欢的人。

你是射手座，碰巧你喜欢的也是五月天。我清楚记得第一次问起你生日的时候，你一脸臭屁地说："我的生日跟陈信宏的生日是一样，就是那个写出《温柔》的阿信。"那是我第一次知道陈信宏的生日，然后没想到，从不追星的我一发不可收地喜欢了他们整整八年。

你呢，总是抱怨学校的伙食太差，却从来容不得别的学校的人说我们学校的半点不好；你总是说要把手里的日记本写完，结果到了高中毕业你才写了九页。

那次你过生日，我想尽一切办法，费尽心思给你弄来了陈信宏的签名CD,却在你面前轻描淡写地说是朋友送给我的,正好就转手给你了。

那时我们上课偷偷发短信，没想到我鬼使神差忘记把手机设成静音，我只得一脸无奈地看着教室另一边偷笑的你。之后一年的生日，我送了你一条围巾。你一如既往地数落我，说我眼光真差，这条围巾真难看，却怎么也不肯把围巾摘下来。

我们会隔着半个教室传纸条，我们也会时不时地一起去食堂吃饭。我们下课会一起趴在栏杆上，只是我从没能确定你到底喜不喜欢我。然后有天我送你回家，当时的路灯很昏黄，还真是给我营造了很多气氛，我想要悄悄牵你的手却始终没能鼓起勇气，等终于快到你家时，当我想对你说"我喜欢你"的时候，你却像是看穿了我一样，说："我们会做一辈子朋友，对不对？"生生把我的话给憋了回去。

现在想起来，我觉得你一定是故意的，那时候你总能一眼就看穿我，你这家伙。

那时候总想着，高中毕业了怎么着也要对你说喜欢你，可后来怎么也没说出口。再后来，你去了另外一个城市念大学，联系不可避免地少了，那些感情也随着时间的流逝渐渐地掩盖起来。直到后来有一次聚会，有人起哄让我们俩坐在一起。我那时不知道为什么来了一句："其实那时候我很喜欢你呢。"没想到，你一脸严肃地看着我说："我也很喜欢你，那时候。"

我想，我当时一定大脑空白了几秒钟，可也只是这样而已，我甚至说不清自己心里是开心还是难过。岁月是神偷，很抱歉谁也回不去了。

在那个假期之后的日子里，我们还是每天都见面，明明知道曾经互相喜欢，可就是没办法在一起。我们说着那些我们得到的、失去的，突然发现说不定我们从来没战胜过青春这个残酷又美好的东西。

说不定在一起了，反而就没这么美好了。说不定这世上最好的感情，就是你喜欢她、她喜欢你，你们却没能在一起。尽管如此，还是会想，如果能在一起也不错。

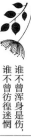

之后过了很久，李婧跟我聊起那时候我们上课悄悄看的书《那些年，我们一起追的女孩》要被搬上银幕了，我一下子就想起了沈佳仪说的那句话："人世间本来很多事就是徒劳无功的，可我们还是一样要经历。"

转眼这么几年过去了，一年又一年时间飞逝得远比想象得快。毕业后跟她一起回母校，以前的教室仍然在上着课，是我最头疼的物理；操场上篮球场上挤满了人，麦迪那时是所有男生的最爱；走廊里男生女生在偷偷讲着悄悄话；拥挤的食堂；总是坐不满的会议室；红色的教学楼；一切如常，唯一变了的只是换了一拨又一拨学生。

我才突然明白，原来青春一直没有变，它只是我们路过的一站，我们经过了就没有了，可后面还会有人陆续经过这一站。可我们经过了就没办法回去了，只能远远地看着，暗自怀念不已，就像时间一直没有走，走远的是我们自己。

这样的一种无奈和徒劳，一如我当时那么地喜欢你，一如你为了等我在寒风里裹着衣服站了很久，一如最后我们都没有在一起。

那天你跟我站在操场感叹着旧时光，却看见更年轻的"我们"在拼命挥霍。一样的懵懂，一样的青涩，一样的不知道怎么开口对喜欢的人说喜欢你。总有人变成当初的我们，犯着跟当初我们犯的类似的错误，挥霍着我们无比想倒回去的旧时光。

究竟是那时不谙世事的我们懵懂地喜欢着一个人的感觉更珍贵，还是经历了世事之后的我们终于对爱的人说出一句"我们在一起"更不容易？这个问题，也许谁也没有办法回答。

有些青春的故事，还没有开头，那就不要开始了吧。

这就是我现在能写下的关于你的故事，青春，懵懂，喜欢，还有五月天，有遗憾却不后悔。

还记得那天李婧问我："如果回到过去，告诉你，你遇到的那些人最后的结局是远去，你付出的感情最后的结局是遗忘，你还会跟以前一样吗？"

我看着她说："其实说起来，我们从一开始就料到了，不是吗？"她看着我，笑了笑说："是啊。"

其实从一开始你就知道。你知道感情从来就不是你对他好他就会对你好的，你知道现在面对爱情谁都不是善男信女，谁都曾经或多或少受过伤，看过那么多背叛，谁也不会刚恋爱一个星期就毫无顾忌地掏心掏肺。

其实从一开始你就知道。你知道有些话只是借口，你知道也许我们的恋情只是一时冲动撑不过一个夏日的午后，你知道我们的感情可能不会有一个美好的结局，你知道其实身边的朋友没有多少人看好我们。

　　其实从一开始你就知道。你知道不是所有梦想都可以逐一实现，你知道有些人今天对你好明天就可能把你忘得远远的，你知道总有一天我们都会慢慢地变成铜墙铁壁的大人。

　　奇怪呢，那时候总觉得各奔东西之后，最不会失去联系的人就是你，却没想到最先失去联系的人，就是你。

　　那么接下来，还有很多日子要走。就把你的幼稚、难过，把你的孤单、寂寞，把你美好的、不美好的、开心的、失落的那些，把你所有关于年轻而又无知的一切，都毫无保留地送给那些在青春里陪着你的人吧。

　　然后跟现在依旧能陪伴在你身边的人，带着最后的一丝勇气和任性，以及那千疮百孔的梦想，一起在这疯狂的世界很努力地走下去。

　　带着那些无法割舍下的旧时光，很努力地走下去。

Chapter 03

大概因为他们陪了我很多年吧

卢思浩

对于生活中每个陪伴过的人，不管他们是以什么形式出现，以什么形式消失，都是一句：

"很开心你能来，不遗憾你走开。"

但你现在还在，而我们都还没变，真是一件值得庆幸的事情。

L君在他高一时树立了自己的伟大理想，那就是毕业之后要在班里弹吉他给他的女神听。这起源于他偶然间听到女神说起她觉得弹吉他的男生最帅，从此L君为了在女神面前装×，一头扎进了不归路。

那时他跑了半个城市，对他爸妈软磨硬泡了一个多月终于弄到了一把吉他，为了成为可以在毕业时约女神出来弹吉他唱歌给她听的拉风少年，L君忽略了自己唱歌每次都跑调的铁一般的事实，开始学起吉他。

于是他用两年的时间认识到了——"音痴就是音痴，0 的天赋乘以 100 的努力还是 0。"

高一时女神就喜欢一个乐队，动不动就念叨。这个乐队名字特别奇怪叫"五月天"，L 君甚至认真思考了一下为什么这个乐队不能叫十二月天。大概是因为这样会让他想到十二指肠，L 君决定放弃思考。隔天 L 君招来了最好的三个小伙伴，组成了一个乐队，叫 Friday。这个乐队是一个没有原创、没有乐器（除了一把吉他），而主唱是个音痴的无厘头乐队，并且这个乐队的宗旨只有一个——帮助主唱练好吉他。

转眼，高二了要分班，L 君经过深思熟虑后选了理科，而女神选择了文科。于是他们俩一个在四楼上课，一个在一楼上课。L 君为了解决相思之苦，想到了一个解决办法。那就是每天语文课之前假装自己语文书没带，宁可跑四层楼去向女神借书。不知道是女神太善良还是懒得拆穿，L 君的这招整整奏效了一学期。

在每天两次的固定互动中，L 君终于达成了和女神互相写字条的目的，也为了能和女神有着更多的共同语言，L 君开始恶补有关五月天的知识。那时候电视台刚播五月天的歌，是《恒星的恒心》，还有那首《倔强》。有天，女神考试考差了，L 君把《倔强》的歌词抄满了整个字条送给女神，女神后来特别郑重地回字条给 L 君："谢谢你也听到了这首歌。"L 君莫名地为了这句话开心了一个晚自习。

高三毕业的夏天，L 君终于鼓起勇气约女神。那天下午，L 君背着吉他赶去学校，觉得自己真是很拉风。可是他和他的 Friday 成员四个人在校园里闲逛了一下午，也没有等到女神的出现。后来他就干脆和他的小伙伴在自己教室的讲台前面，小伙伴拿着扫帚当吉他，讲台桌子当钢琴，粉笔擦当麦克风，愣是在无比的走调中唱完了《温柔》和《倔强》。

　　然后 L 君迎来了分道扬镳的那个夏天。

　　认识我的人都会知道，这个 L 君是谁。

　　陪我度过那个夏天的小伙伴们，我们一起上课下课，一起去茶座点杯喝的就耗一下午，一起去先锋书店挑书。我说老子将来一定要出书；Timi 说自己要成为很牛的设计师；N 君说自己没什么志向，只想和自己的女朋友好好的，被我们嘲笑了两年；李婧说先把大学念完再说。后来 Timi 如愿以偿地学了设计，N 君还是没能避免分手，分手后做了一件很傻又浪漫的事情，就是把他和 EX 约好要去的地方自己去了个遍，寄明信片给她；而李婧，我们后来都忙，也就慢慢疏远了联系。和我最好的小伙伴们，几乎都和我隔着一个太平洋。

　　包括那天爽约的女神。

　　十年后的夏天，我接到一个陌生号码，接起来一片嘈杂。但我终归是听清了电话那头是在演唱会上，因为《温柔》的那段 talking 辨识度太高。可除了那段熟到烂的 talking，我再也没有听清哪怕一句歌词。

我至今都不知道那个号码是谁的，就好像是 N 君至今都不知道他的明信片是否寄到了。

有些人也就慢慢断了联系，有些人也就再也没见过，管你当初和他的关系是有多好，管你当初是有多爱她。

有段时间我特别怕听到以前的一些歌，是因为怕听到以前的自己。就好像到了某个阶段，你不再频繁地翻起以前的状态和照片，因为那里显现的都是从前的你，而从前的你是个大傻瓜。只是，我可以不费力地删掉那些状态和照片，我却没办法删掉那些歌，尽管在某种程度上，我只需要动下手指。

这样的歌包括《灌篮高手》的《直到世界的尽头》，Coldplay 的《Yellow》，还有五月天的《温柔》。

许久以后你会发现，你不是非要去看演唱会，其实不看也不会那么难受。

重要的是你在看演唱会的时候，可以和你好久不见的小伙伴相聚；重要的是，他们也在赶往那里，而你们会创造一个共同的回忆。

许久后你会发现很多事情不是一定要去做，而是要和那个人一起做。

同一件事，不同的人和你一起做，你会觉得有天壤之别。我们在意的往往不是那件事情本身，而是做事的人。就好像有些歌前奏响起就赢了，不是因为这首歌有多么的惊为天人，而是这首歌里有太多你的故事。

去看演唱会的时候，发现他们的歌迷越来越多，而自己早就没当初那么狂热了，一眼看去，满是自己过去的影子。那时我产生了一种巨大的失望，不是怕台上的他们不够好了，而是怕自己终究还是远离了当初的自己。但奇怪的是，有些东西还是留了下来。

我坐的位置并不好，看不清台上的人；我看到的，都是我自己的影子。在自己开心的时候听的《恋爱ing》；在自己失落的时候听的《憨人》；在旧的音像店淘到的那张专辑，还有毕业的时候唱得无比烂的《温柔》。曾经的小伙伴失去联系，导致我有时回想过去，会怀疑那些日子是不是真的发生过，但有些歌却留了下来。

潮起潮落之后，难过伤心之后，五月天的歌声却留了下来，伴随我度过了每一次的日落和每一次的日出，每一次的低落和每一次的坚持，每一次的旅行和每一次的回途，连同我所谓的无法割舍的梦想，居然一下子都到了现在。听到那些歌的时候，我才能切实地对自己说，那些的确、切实地发生过。

前阵子去南京，N君问我，"你怎么还喜欢五月天那个乐队呢？"我说，"鬼知道，大概是因为他们陪我过了那些年吧。"

　　五月天也慢慢变红，不再是那个没有人知道的乐队。他们的《温柔》对很多人依旧有杀伤力，却也变成了段子广为流传。我想，说着梦想的五月天终归是实现了自己的梦想，却没想到会有很多人把他们变成梦想。尽管阿信一再强调，自己的音乐只是追梦中的背影音乐。

　　如今又是一年过去，主唱即将过生日，你也是。我们都多少成长了些，不管是台上的人，还是台下的我们。或许我们都会怀念起曾经的他们，就像怀念曾经的自己一样。但不管怀念不怀念，对他们现在是什么看法，我们终究被时间拖到了现在。我不再想要告诉别人这个乐队对我的意义，因为讨厌他们的终究讨厌。有天分道扬镳了，不再听了不再喜欢了，也不要落井下石，毕竟曾经陪伴过。

　　每个人终究有天会明白，尽管他们无比确切地描述了我的每个心情，我们终究是平行线。谁都不是谁的终点，谁都不是谁的梦想，谁都有谁的生活，有自己的冷暖自知。

　　你只要记得，曾经失落的时候那些歌是怎么陪伴你就好。

　　对于生活中每个陪伴过的人，不管他们是以什么形式出现，什么形式消失，都是一句：

　　"很开心你能来，不遗憾你走开。"

　　但你现在还在，而我们都还没变，真是一件值得庆幸的事情。

Chapter 04

在每碗我们一起吃过的食物前，我都想你

花大钱

（一）

我从没怀疑过割包是个小色坯！嘿，你也觉得是不是，一听名字就让人想歪。不过，他的名字还真是鸡肉割包的割包。擅自加后缀的那位，啧啧啧，害不害臊羞不羞！

我一直觉着，臭味相投才是铁血真感情得以维系的关键所在，就像我和割包，第一次见面的时候就知道彼此都不是啥好东西，简直是一拍即合。至于为什么叫他割包，是因为我曾在某一个晚上带他吃了他人生中的第一个奥尔良鸡肉割包。当时，我不敢相信他以前从来没吃过这个，我更不敢相信他吃割包的样子就像个刚开荤的三代贫农。至于他带我扫荡了整条街所有便利店里的割包这件事，美得我不敢回忆。所以，我就连夜赐了他这个爱称。

（二）

割包有很多女朋友，有些颜正，有些身材好，至于两者都没有的，对不起我忘了看了。虽然有那么多女友，但他从来不和她们一起吃饭，从来不。他喜欢一个人安安静静地吃，特正经，特像个人。就像《不能结婚的男人》里的阿部宽。

因为割包在很久以前交往过一个姑娘。

"大钱，你知道吗，她可爱吃了，一顿不吃就又蔫又丧惨兮兮，让人忍不住想给她买吃的。"

"大钱，你知道吗，她还喜欢做菜，她做的菜特好吃。"

"大钱，你知道吗，我们在一起那会儿，每天必须是身体和心灵至少有一个在饭桌上。"

"不知道不知道，你手上的割包还吃吗，不吃我吃了。"

他俩认识那天还真是个相当特殊的日子——刮台风。那天的雨下得跟在广场上斗舞的大妈一样。天上的云啊，清一色稀里哗啦的，不带休场地下了一天。姑娘在这种风劈雨杀的天气里毅然决定出门，她就趿着双人字拖，蹚过千水万水，出来买夜宵，独自一人。不过，话说回来，像她这种超过 0.05 吨的体形也没什么好怕的，搁风口一站，必须是岿然不动的架势，那么坚定，那么稳重。她经过路口的时候，正好割包和一妞儿在那儿推推搡搡的，伞已经被打飞在一边。等她走近，那两人都已经蹲在地上，女生把头埋在臂弯里闷声大哭。也不知道姑娘当时是脑子进水了还是脑子进水了，居然大声唱了句"亲爱滴小妹妹，请你不要不要哭泣"（参照二十世纪九十年代迪斯科女王蔷蔷的金曲《路灯下的小姑娘》），然后割包傻货简直在雨中笑成了嗑多药的重症病人。

第二次见面是在姑娘家附近的大学举办的乐队专场音乐会上。割包站在第一排，可劲儿扭。那时候他留个九十年代最流行的郭富城式分头，瘦，是得了文青通病——厌食症的瘦，整个人像是从七八十年代作家回忆青春的小黄书里走出来一样，潮湿至发霉的脏，又脏又性感。当时人姑娘压根儿没认出他来，倒是他，一回头就喊："呀，你不是那天那个亲爱滴小妹妹吗？""你才小妹妹！我是你大姐姐！"

（三）

姑娘遇上割包时，只是个普通的暴食症少女。这是个很可怕的病，食物是药亦是毒。吃东西变成了一种软瘾，一种钻入骨髓的痒，一种潜意识层面的自我虐待。因为孤独，她每天要吃好多好多的饭。认完亲的那天晚上，他俩就相约一起去吃烤串儿。

"老板，二十串里脊二十串鸡胗十串掌中宝十串大鱿鱼五根台湾烤肠再加七串鸡皮三串秋刀鱼两串大茄子多放辣椒茄子要蒜蓉。"这么一气呵成、豪放无比、挥金如土、目空一切的开场白，一下子就俘获了割包的心。他俩就这么好上了。姑娘不再病态地暴饮暴食，她有了更加重要的事，就是和割包一起做饭一起吃。她不再每天在打破原则获得的短暂快感和接踵而来的负罪感之间反复煎熬。她觉得快乐觉得满足，她不再总是感到饥饿难耐。在这个世界上，如果说还有东西比食物更能慰藉人心，那就是爱。

"大钱，你知道吗，和她在一起你从来不会有饿的时候。果盆儿里永远都是满满的葡萄、荔枝、小番茄，好像永远吃不完，永远放在我够得到的地方，冰箱里永远装满巧克力、三明治、酸奶和可乐。大钱，你知道吗，她会每天给我做便当，油焖对虾、栗子炖猪蹄、蒜薹炒蛋、香煎五花肉、白菜狮子头、蜜汁烤翅，摆在便当盒里，花花绿绿整整齐齐。大钱，你知道吗，下雨天，她会在家里炖汤，锅里冒着绵密的泡泡，咕噜咕噜、咕噜咕噜，我的心里也在冒泡。"

那个时候，他们住在一起，姑娘在一家极限运动器材公司上班，每天晚上下班，姑娘都会提一篮子菜回家。新鲜的肋排，剁成方方正正的一块一块，过水去浮沫，用料酒生抽腌上那么二十分钟，拿热油炒冰糖和香醋，炒得黏嗒嗒的时候，排骨入锅，滋啦滋啦，听着就要流口水，然后不停煸炒收汤汁，出锅前记得要把剩下的汤汁浇到排骨上，千万别浪费哦，好吃到不用洗盘子！有时候也做辣子鸡，一大锅的宽油，辣得红艳艳，花椒干椒一起炒，香得入骨，记得要撒一把葱花和芝麻，最后尝一下味道，要是放多了辣椒，姑娘立马跑出去亲割包，把嘴里的辣味儿过给他，坏得不行。啊，厨房里还有紫砂煲呢，煨着一锅鱼头汤，奶白色的汤汁噗噗噗，热气四溢。

村上龙说过："好喝的汤是很可怕的。汤是那么温暖，又是那么美味，让人忘了朋友，忘了痛苦，忘了烦恼，一切的一切都忘了，只顾喝着我的汤。"好喝的汤确实是很可怕的，割包喝着喝着，就想，如果每天都能喝到就好了，如果可以喝一辈子就好了。生平第一次，他萌生了想娶一个姑娘回家的念头。生平第一次，这个策马红尘的浪子想要泊岸。

（四）

"大钱，你知道吗，她的头发里藏着春天，每天都蹦蹦哒哒吭哧吭哧，像只小鹿。"

"大钱，你知道吗，她一说话，我就忍不住想笑。"

"大钱，你知道吗，和她在一起，我很容易就会想到天长地久。"

割包在说这些话的时候，眼睛亮亮的像是一口水井。

"那后来呢，是因为吃得太胖而分手了吗？"

"她走了。"

"去了哪里？"

"大钱，你知道吗，她很好看，是那种压秤的美人，有热气。"割包只是笑着说了一句不着边际的话。

那是他们在一起的第二年，姑娘的工作逐渐步入正轨，渐渐忙碌，同时，他们感情稳定。每天吃一个西瓜，看一部电影，走一条路上班和回家，窝在同一张沙发上想着以后你打麻将、我跳广场舞的生活。那个时候的割包不关心政治，不关心穿着，不关心街上姑娘们的大白腿。留着"小田切让"同款乞丐头，整个人像被系统重装了一样，喜怒哀乐一股脑儿地写在脸上，事无巨细都能无限度让步。

割包真的是觉得找到了爱人，对，就是爱人，他记得在他高中的时候，碰到过一个有腿疾的语文老师，谦逊温润，每每提及自己的另一半的时候，永远称之为爱人，而不是其他。当时只觉得是文人的酸楚和腐朽气，但现在割包完全不觉得。他觉得他们好像永远有着相同的固有频率，永远可以共振，割包再也不需要用那些泡妞绝招来谈感情，只需要散漫地幸福着。好的感情，就是有这样的魔力，你不用端不用装，只要躺成一个大字使劲儿耍赖就好。幸福，快乐，都是特庸俗的事儿。

我见过姑娘的模样，在割包给我看的照片里。那是他们去台湾旅行的时候。姑娘站在海边，微眯双眼，脸盘干净头发乌黑，整个人盈软腻滑、明眸皓齿的样子。她让我想到安房直子的《野玫瑰的帽子》——

"像拂晓时分的月亮"，就是那种让人一看就想把世界上所有的最好吃的东西都买给她、把世界上最好的运气都送给她的人。

那个夏天，他们从台北到垦丁再到高雄，然后经由九份①和十分回到台北。他们在十分这个和它名字一样美丽的地方放孔明灯，上面写着"我们在十分，十分幸福"。在垦丁，割包骑着小摩托载着她，慢慢开到台湾的最南端。他们在海边吃西瓜，把西瓜拍碎在礁石上，红瓤在手上、啤酒在肚里、爱人在身边，喝啊喝，喝到夕阳坠落满天星，喝到一身都是酒味。

（五）

也在那年的秋天，姑娘的公司有个特别好的外派机会，去新西兰，要去三年。秋天呀，是个特别神奇的季节，它留不住，走得快，所以你更希望它快快过去。就像有人说过，在仲秋②乘公交车的每个人，都像是要去远方一样。

姑娘左右互搏良久，她虽不想离开割包，但新西兰是著名的极限运动的天堂，皇后镇又是著名的探险之都，那里的市场多广阔呀，一定会有很好的机遇与发展。最后，为了彼此能有个更加舒坦的未来，

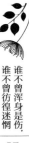

她决定要出去。割包自然是抽抽嗒嗒地不放行，但最终他还是让步了。一个曾经激进冲动的热血少年在此时选择了妥协，选择了牺牲。爱就是这样啊，你投降，你缴械，你战败，还心甘情愿无条件地割地赔款。很多时候我们也会想要强求，想要撒泼发脾气，但你不能一直任性啊，你要懂事，虽然懂事很委屈，懂事也很辛苦，但你也只能一边懂事一边哭。

"大钱，你知道吗，原来我一直以为我人生中的快乐，一半藏在食物和音乐中，还有一半绑在她身上。后来，她走之后，我才发现，她才是我的食物我的音乐，是我一切的一切，是我全部的快乐。"

"大钱，你知道吗，她是我生命中出现过的所有人。"

原来，割包眼里那些破碎的光亮不是一口水井，而是一座少女冢。

走的那天，姑娘做了好多好多好吃的。割包想告诉她，他爱她，但是他没有，他只是默默吃完了所有的东西。他想开口挽留，但是他也没有，他怕一开口就会溃不成军，所以他只是不停地吃，所以他只能不停地吃。

最后，割包把一万颗破碎的眼泪擦拭干净，收进了姑娘的行李箱里。他们在汽车的后视镜里见了最后一面。微笑道别。

姑娘出国之后，他们只能通过电话、微信来联系。那时，割包才发现，原来上海这么大，这多条街，这么多饭馆，他却不知道去哪里吃饭。有时候割包接到姑娘打来的越洋电话，新西兰的夜里瓢泼大雨，但割包在上海却是好天气。割包就想，为什么上海不下雨，如果能够拥有一样的雨天，是不是可以假装还待在一起。

姑娘其实是个非常聪明能干的人，马上，她在新西兰的生活渐渐步入正轨，在工作上也得到了很多的赏识和提拔。她是真的很喜欢这份可以边玩边认真的工作，还经常能去蹦极、跳伞、滑雪、冲浪。而割包呢？生活依然千篇一律没有重心，每天就是等电话和数日子盼姑娘回来。

终于，有段时间，割包很久没有收到姑娘的电话、信息、邮件。什么都没有。他找不到她。割包当时就跟疯了似的，你知道那种生活突然失重，但你却什么东西都来不及抓住的感觉吗？对，就是这样。割包只能去找姑娘的朋友，却得知，姑娘在那里，在那个美得像种在云上的地方，有了新的恋情，并且很快就要结婚定居，不会再回来了。那天，割包不记得自己是怎么回到家的，黑漆漆空无一人的家，割包打开冰箱，里面没有巧克力、三明治，也没有酸奶和可乐，没有很久了，以后也不会再有了。冰箱里只有几灌啤酒，两个月前的过期啤酒。

将近一年的时间，割包都处在一种混沌恍惚的状态里，他剪掉了他的"小田切让"头，经常在夜里一个人操着酒瓶走很长的路再走回来，他每天给他们一起养的植物浇水，但那些植物最终还是死了。他交很

多很多的女朋友，但是他从来不和她们一起吃饭，总是一个人安安静
静慢慢地吃。

"大钱，你知道吗？那时我真的觉得自己快死了，我会想她，在
每碗我们一起吃过的食物前。"

割包说着，第一百零一次地把手上的烟盒揉皱。

（六）

故事讲完了，这个专属于割包的故事，这个这些年来他对外对己
一致的口供，就这么结束了。

我要讲的是第二个故事。

其实割包最爱的姑娘并没有移情，也没有别恋。她只是在一个很
平常的日子里，就像以前一样，为最新的跳伞器材去做测试，但她搭
了一架会爆炸的直升机。那地方是真美啊，云铺满天角，海盛满桅杆，
阳光战栗，微风融化，连公路都是柔软的。她就这样飞在空中，跟着
飞机一起爆炸，就这样永远留在了像那个种在云上的美丽地方。至于
割包，情深不寿的割包，无法接受爱人变成碎片的事实，就一直一直
活在自己对自己的欺骗中。

而我，始终无从知晓，不爱和死，哪一个更让人绝望。

Chapter 05
夜的钢琴曲

陈谌

（一）

吃完晚饭，抬头看了看墙上的时钟，刚好七点十五分，我照例给自己泡了一壶茶，关了客厅的灯，打开窗户，倚靠在沙发上静静地等待着。

没过多久，钢琴声准时从天花板上传来，今天是肖邦的《降 E 大调夜曲》，窗外的月光伴着流淌的旋律洒在客厅的地板上，勾勒出一道道柔和的线条。我闭上眼睛静静地聆听着，沉醉在这如梦似幻的情境里，好像进入了另外一个并不真实的世界。

如果没有记错，这应该是这周第三次弹这首曲子了吧，她似乎对这首曲子情有独钟。其实我并不知道楼上的这位演奏者究竟是谁，甚

至从来都没有机会见上她一面,但从那些如同被串起的珍珠项链一般精致的音符里,我莫名觉得她应该就是一个姑娘。

我只是一个普普通通的上班族,每天早晨九点上班,晚上六点半到家,我没有什么别的爱好,我不爱上网也不爱看电视,我的客厅里甚至连台电视机也没有,我每天唯一的期待就是在七点半坐在沙发上听楼上传来的钢琴声。这是一座有些年头的公寓,楼层之间的隔音很差,因此,钢琴的旋律能够如此清晰地回荡在我空荡荡的客厅里,仿佛是个简陋的音乐厅一般。

我曾经无数次幻想过这位演奏者的模样,然而我却未曾想要真正去认识她,走进她的生活,尽管我们已经整整一年共同分享了每天晚上的这段短暂而惬意的时光,但我想或许这仅仅只是我自己的一厢情愿罢了,毕竟对她而言,大概永远也不会知道有一个人一直这样默默地听她弹琴,试图去分享这些旋律中所想表达的快乐悲伤。

不知从什么时候开始,我习惯了这样的一种生活方式,不再轻易地尝试去走进某个人的生活中,与其说这是一种不想打扰的礼貌,不如说是一种恐惧。我谈过很多次恋爱,最后都无疾而终,直到现在依然是孑然一身,于是渐渐开始逃避这个过程:从新鲜感到互相了解,再到去接受一个和你完全不同的个体。我时常想,人与人之间是如此的不一样,改变自己去适应彼此究竟要付出多大的努力和代价呢?

一曲终了,客厅陷入了死一般的寂静,我喝掉了最后一杯茶,起身关上窗户，就这样把自己锁在了另一个世界之外。

（二）

这天晚上窗外下起了蒙蒙细雨，潮湿的空气弥漫在房间里，像极了旧时光里那些黏稠的回忆。

伴着淅淅沥沥的雨声，楼上传来了一曲 Yiruma 的《Kiss the Rain》，这是我最喜欢的曲子之一，总能让人沉浸在一种不可自拔的情绪之中，然而让人感到吃惊的是，今天她却莫名地弹得磕磕绊绊的，有几个地方似乎还弹走音了，直到最后一个音符落下的时候，我都无法相信自己的耳朵，毕竟这种情况这么长时间以来还从来没有发生过。

我有些惊慌失措，不知道她究竟发生了什么，是不在状态？还是有什么心事？那一刻我真的很想到楼上敲开她的房门，但我最终还是没有那么做，毕竟也许是我太过敏感了，而且要是被她知道我一直在楼下偷听她弹琴，她会怎么看我呢？

可是接下来的两天，楼上一直都没有传来钢琴声，这让我不禁感到越来越慌张，于是在第三天晚上经过激烈的思想斗争后，我还是决定上楼去询问一下情况。

来到这所公寓整整一年，我都没有到过一次楼上，楼上的世界对我来说就好像一个异次元一般的存在，以至于每一级楼梯都仿佛是悬

崖边的栈道一般，让我走得小心翼翼。

　　站在门前的时候，我在门上仔仔细细地找了半天的门铃，却依然没有找到，于是我只好伸出手想要敲门，但伸到一半又犹豫地缩了回来，心中充满了一种未知的恐惧感。

　　我不知道自己在害怕什么，或许是对她的模样幻想了太多，今天终于要见到真人了，反而会担心破灭，假如她长得不是我想象中的样子呢？甚至她压根就不是一个姑娘呢……

　　正当我犹豫不决的时候，门忽然吱呀一声地开了，顿时把我给吓了一跳，门里果然站着一个姑娘，披着一头乌黑的长发，穿着一袭白色的连衣裙，显得美丽而优雅，只是她的脸色有些不好，看起来似乎有些虚弱。

　　"你怎么这么久还不敲门呢？"她冲我笑了一下道。

　　"啊……对对对不起……那个……你怎么知道我在门口？"我被她这么一问不禁有些手足无措。

　　"我听到你上楼的声音啦，怎么啦，有什么事吗？"

　　"嗯……其实也没什么事，看你没事就好，我先告辞了……"说罢我有些脸色发烫，转身就想逃下楼。

"哎，等一下，既然来了不如就进来坐会儿吧。"她很热情地招呼我道。

于是我也不好推辞，便脱了鞋走进了她家。

因为是楼上楼下，我们房子的格局几乎是一模一样的，只不过她的装修显得更用心一些，而一进门最显眼的莫过于客厅中央的一台很大的三角钢琴，它几乎占据了客厅绝大多数的空间，那个地方在楼下是我用来摆沙发和茶几的。

"天哪，这就是你的钢琴。"我不由得惊呼道。

"是的呢，怎么啦？"

"按理来说摆个立式钢琴比较节省空间不是吗，为什么要摆个这么大的三角钢琴？"

"因为三角钢琴音色更好，弹起来音量也更大呀。"

"难怪我能听得这么清楚呢，我还以为是天花板的隔音不怎么好。"

"天花板的隔音确实不太好，我每天都能听到你做饭的声音呢。"她笑道。

"不是吧，我都听不到你做饭的声音。"

"嗯……可能因为我的听力比你的好，我甚至还知道你每天都听我弹琴呢。"

听她这么一说，我顿时感到颜面无存，真想马上找个地缝钻回自己家去。

"有一个听众终归是件好事呢，做任何事情，一个人做的话快乐都会减半不是吗？就像你每天一个人吃饭的感觉那样。"

我不禁有些惊讶，原来她也一直在默默观察着我的生活。

"话说，你这三天为什么没有弹琴了呢？"

"因为身体有些不适，不好意思让你失望了。"她有些抱歉地笑了笑道。

"也不是失望啦，就是有些担心你，你看都整整一年了，我每天晚上都在等你的曲子，忽然三天没弹，我真以为你出了什么状况了呢，所以才冒昧来敲你的门，还好看你没什么大碍。"我对她解释道。

"你真是个好人。"

"用不着刚认识就给我发好人卡吧。"我不禁哑然失笑。

"没，我认真的呢，如果你愿意，以后每天都可以来我家听我弹钢琴。"她歪着脑袋冲我抿了一下嘴道。

（三）

于是后来每天下班吃完晚饭，我都会到楼上敲开她的房门，坐在一旁默默看她弹一首钢琴曲。

她每次弹琴前，都会把窗帘拉开，让窗外的月光恰好照在钢琴的周围，像是开演前照在舞台正中的一束恰到好处的聚光灯，随后她拉开椅子缓缓地坐下，打开琴盖，将头发拨到耳后，流淌的旋律就这样从指间倾泻而出。

这是一幅难以名状的画面，没有什么华丽的辞藻能够形容这种极致的美，对我而言这是一场从来都未曾体验过的完美演出，但对她来说或许这更像一个庄严而神圣的仪式，任何听众在这样场合都显得多余而冗赘。

这天晚上，伴随着一如既往的诚惶诚恐与陶醉，我听她弹完了最后一个音符，陷入了久久的沉默中。

"怎么了？"她合上琴盖，转头问我道。

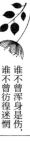

"我很好奇，为什么你一天只弹一首曲子呢？"

"那你为什么一天只吃三餐饭呢？"她笑着反问我道。

"这……不一样啊，饭多吃一餐要撑死的，曲子多弹两首又不会怎么样。"

"嗯……"她低头沉思了一下，然后问我道，"其实你有没有发现，我的屋子和别人的不太一样？"

"没有啊，我虽然每天来你这里，但哪里好意思随便参观呢。"

"其实并不难发现的呢，你坐在这里就应该能看到的。"她伸手指了指厨房的方向。

我这才惊异地发现，她的厨房里空空如也，什么都没有。

"天哪，难道你从来都不做饭的？"我瞪大了眼睛道。

"不，我的厨房就在这里。"她指了指那架三角钢琴道。

如果她不是用如此认真的口吻在跟我诉说，也许我永远都不会相信，原来她是一个异体质的姑娘，她天生以音乐为食，从旋律中获得赖以生存的能量。

"这就是为什么我一天只弹一首曲子的原因，就像你一天只吃三顿饭一样。"她冲我露出了一个淡淡的微笑。

　　"所以说，其实这架三角钢琴，其实只是你的厨具而已？"

　　"你很聪明，这就是为什么我要买这台巨大的三角钢琴，我的听力非常灵敏，能够捕捉到任何细小的旋律与瑕疵，而它的音质是所有钢琴里最好的，这保证了我每天能摄入最干净的旋律。"

　　"原来是这样。"我点了点头道。

　　"不知道你有没有听过古希腊传说里的塞壬，也就是海妖，她们能以致命的歌声诱惑过往的船员，然后杀死他们。我的祖先是她们的分支，只不过我们生性善良，只以音乐为食，因此我们的听力非常非常好，能听到几公里之外的声音，但也正因为如此，我们的身体也异常的脆弱，任何噪音都有可能危及我们的生命，因此后来我们的种族几乎灭绝了。"

　　"这么说你也能听到几公里之外的声音？"

　　"不，我的听力已经退化了很多了，不然我也不可能在这个嘈杂的世界上活到今天，不过我的听觉还是要远远好于常人，这就是为什么我能知道你每天在做什么。"她冲我眨了眨眼睛道。

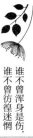

　　她还告诉我，她深居简出，选择住在这个旧公寓，也是为了寻找一个安静的栖身之所。一年前当我搬到她楼下的时候，她其实很恐慌，因为假如我是一个喜欢请朋友来喝酒玩闹，甚至整夜开着音响放歌的人，她就不得不搬走了。幸好我是一个好邻居，一个生活简单到有些简陋的人。

　　"所以你确实是个好人呢，我真的要谢谢你。"

　　"还好啦，我只是比较孤僻而已，不太懂得与人相处。"

　　"你很贴心呀，你看你还主动上门关心我的身体。"

　　"噢对了，话说你那三天是怎么了？"

　　"我的钢琴有些走音了，弹到一半身体有些不适，所以我自己调了一下，歇了几天没弹，就像你们吃坏了肚子，得饿几天清清肠子一样。"她笑道。

　　"说真的，你一个人生活真挺辛苦的呢，应该找个人照顾你才是。"

　　"说得倒是轻松呢，要知道和我一起生活可辛苦了，要整天安安静静的不说，也不能指望我陪他出门，再说了，谁会爱上一个不食人间烟火的姑娘呢？"她的语气里充满了自嘲与调侃的味道，但也透出些许的苦涩。

（四）

随着日子的渐渐推移，不再仅仅是我每天到楼上听她弹钢琴，她时常也会在我做饭的时候到我家里来做一做客。

由于常年一个人吃饭，我做饭一般很简单，心情好就用电饭煲煮个干饭，再随便做个西红柿炒鸡蛋，要是懒就直接煮个泡面往里面扔个鸡蛋就完事了。她在一旁看的时候总会一个劲儿地摇头，说我的生活态度不端正。

"你看你对自己一点都不好，做饭这么敷衍。"

"你又不会做饭，还说我。"

"你不会弹琴，也能听出曲子的好坏不是吗，虽然没尝过，但是看菜的品相就知道不好，感觉很不健康的样子。"

"唉，一个人吃嘛，没必要那么认真。"

"即使一个人，也要好好吃饭呀。"她很认真地对我说道，"你看我虽然每天也就一个人'吃'，但我总是弹得很认真，每一个音符每一个小节都一丝不苟，对我来说弹琴不仅仅是为了补充能量，弹一首自己喜欢的曲子也是一种享受不是吗？同样的道理，吃饭对你来说也不该仅仅只是一个填饱肚子的任务。"

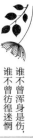

我歪着脑袋想了想，觉得她说得有道理，但我告诉她，我的确是想把吃饭搞得有情怀一些，可惜我做饭的技术实在是比不上她弹琴的技术。

吃完饭后到她家里，她从柜子里拿了很多 CD 给我看。

"其实吧，我之前也很少自己弹琴的，每天都放这些 CD 来给自己补充能量，但是要知道，再好的 CD 音质也是有损的，比不上从乐器里发出的最原始的旋律，因此后来我才学着自己弹钢琴，这些 CD 也就成了我的'应急食品'，就好像你们的罐头一样，偶尔拿来当零食吃。"

她又翻出很多钢琴谱来给我看，告诉我这些就是她的"菜谱"。

"所以你最爱的一道'菜'应该是肖邦的《降 E 大调夜曲》了吧。"我拿出其中一张谱子对她说道。

"是的呢，每个人都有自己最爱吃的东西不是吗，你最爱吃的是什么？"

"我啊，我最爱吃的是松鼠鱼啊，可是这道菜超级难做的，一般都是朋友到饭店聚餐的时候才能吃到。"

"是啊，有时候我也觉得如果有人能够一起共进晚餐是一件多么幸福的事情，虽然一个人也可以吃得很优雅，但怎么也比不上一起吃饭的温馨。"她的眼神里流露出了些许伤感。

看着她一脸难掩的失落，我握着手里的这张乐谱忽然萌生了一个有些疯狂的念头，于是偷偷把它小心翼翼地折好放进口袋里，然后假装若无其事地在客厅坐下，准备听她今夜这曲孤独而唯美的独奏。

（五）

我在周末来到公寓附近的一家琴行，拿着乐谱找到老板，说想要学一门乐器。

"《降 E 大调夜曲》？这是一首钢琴曲呢，你想要学钢琴吗？"老板问我道。

"不是，有没有什么乐器同样能弹这首曲子的，并且能够和钢琴完美合奏的？"

"这个，如果说是和钢琴合奏的话，大提琴应该是最好的选择，可是这首曲子似乎从来都没有这两种乐器合奏的版本呢。"

"可以编配一个合奏吗？"

"可以是可以，不过要花点时间。"

"太好了，那我想学大提琴的部分。"

"你大提琴的基础怎么样？"

"零……但是弹过吉他算不算？"

老板听到这里有些为难，但在我的坚持下，他还是找了个大提琴老师来给我编配并教我这首曲子。

万事开头难，尤其是学一门从来都没有接触过的乐器，但为了完成她的心愿，我每天下班后都抽一个小时到琴行去练琴，于是这段时间我几乎都没有再到她家里听她弹钢琴了。并且为了不让她知道我的计划，我告诉她我最近每天都要加班，就连我买的大提琴都寄放在琴行里不带回家，生怕被她发现。

由于知道她的身体的状况，我练得非常刻苦，毕竟假如我不小心弹错了音，或者弹得不熟练，对她的健康可能都会造成不好的影响。然而随着曲子逐渐练成，我也越发觉得忐忑不安，因为我从来都没有和她排练过哪怕一次，不知道到时候我们之间的合奏会不会有默契，是否能够完美地把这首曲子共同完成。

一个月后的一天，我一下班就飞奔到琴行把笨重的大提琴背回了家里，然后兴奋地跑到楼上敲她的房门，然而过了很久，里面都没有任何回应。

正当我有些疑惑的时候，门忽然开了，里面窜出来一股呛人的油烟味，而她正站在门口，手上端着个盘子。

"加班辛苦了，我最近买了口锅，偷偷学做了一道菜，你最爱吃的松鼠鱼，可惜厨房里没有抽油烟机，搞得屋子里乌烟瘴气的。"

我低头看了看这盘精致的松鼠鱼，不知是因为油烟还是感动，眼眶不禁有些湿润。

而她与此同时也看到了我身后放着的大提琴，正当她准备开口问的时候，我轻轻地告诉她："从今天开始，我想每天与你一起共进晚餐。"

Chapter 06
星际邮件

陈谌

（一）

公元 5408 年 7 月 27 日，那是艾尔塔进入 18 岁的第二天，也是他第一次收到蔚佳回信的日子。

这原本只是平淡无奇的一天，对艾尔塔而言，生日其实并没有什么意义，没有家人的祝福，也没有什么蛋糕或是蜡烛，在他的记忆里，这不过是一个冰冷的日期，用来记录他从生产线上被创造出来已经多少个年头了。

所谓生产线，是"人类殖民计划"的产物。一千多年前，当地球的末日最终到来时，这个计划便自动开启了，无数飞行器搭载的人类火种被发射到太空中，在漫无边际的黑暗宇宙里漂流着，寻找宜居的星球，但只有极少数飞行器最终可以着陆，绝大多数都无法逃离被复杂宇宙环境摧毁的命运，或是就这么永无尽头地飞行下去。

艾尔塔生活的星球叫做"Foreignland"，也就是"异乡"，三百年前被发现。那个幸运的飞行器着陆后，依照程序搭建起了基础建筑，激活的机器人将第一批人类从试管中培育了出来，并教授他们基础知识，当他们长大后，便在这个星球上繁衍生息，依据飞行器里事先保存好的资料着手恢复起了人类文明。

由于"人类殖民计划"中所采用的基因都是经过筛选的，全部源于当时地球上各方面最顶尖的人才，这也是"异乡"上的第一批人类能够如此快地习得语言以及各种生存技能的原因。但无论他们以及他们的后代怎样努力，三百年来人类文明也只恢复到公元 2200 年左右的水平，毕竟许多尖端技术无法通过资料完整保存，一切都必须从零开始。

然而随着时间的推移，当"异乡"上开始出现国家与政权，一切都变得不一样了，人类被划分成了不同的群体，相互争夺星球上有限的土地与资源，甚至开始爆发战争，自相残杀。由于战争需要更多的军队与人才，人类自然繁衍的速度已经无法满足需求，于是三百年前用于批量生产人类的生产线被再次秘密启用了，艾尔塔就是其中的一个产物，由冷冻库中随机提取出的精子和卵子结合而成，然后移植到人造子宫内生长十个月后从营养液中被取出。

　　这正是艾尔塔痛恨生日的原因，一个生命的诞生原本应该是伴随着温馨与希望的，然而这个世界并没有给他家与爱。在福利院中的早年岁月是他不愿回忆的往事，身材矮小的他受尽了同伴的欺侮，只能一个人躲在角落里摆弄着一台早已被淘汰的计算机，不知是天赋还是基因的作用，无师自通的他年纪轻轻就成了一名黑客，成功黑进过许多国家的政府主机，却从未被追踪到。然而他这么做并没有什么目的性，一直被同龄人孤立的他或许只是想把互联网作为自己的玩具罢了。

　　作为自出生就被国家预订的孩子之一，艾尔塔十六岁本该被强制入伍，但他却在此之前逃走了，借助他顶尖的黑客能力。在一天深夜，他用那台破旧的电脑关掉了整个福利院的警戒系统，翻墙逃离了那里，随后他风餐露宿地流浪了很久，最终在一个偏远的城市找到了一个昏暗的地下室，租住在了那里，一待就是两年。

　　起初对艾尔塔而言，钱是最大的难题，离开福利院的他不仅没有钱，还没有任何谋生的手段，唯一的身家只有他带出来的那台破电脑。后来迫于生计，他开始做一些违法的生意，依靠自己擅长的黑客技术盗取一些虚拟的物品、用户的资料等等，转手卖给别人。然而他并不对此感到羞愧，从小没有得到过爱的他，对这个世界没有什么善恶美丑的分辨，他只知道要活下去，不管采用什么样的方式。

　　在一个百无聊赖的夜晚，艾尔塔顺利黑进了国家航天局的系统里，并在里面发现了一串代码。这串代码属于一个早已在上个世纪就被遗弃的通信卫星，他发现这个卫星仅仅只是过时了而已，它的功能依然没有损坏，对操作指令还有反应，这让他兴奋不已，心想这个东西如果能转手卖掉，应该能大赚一笔。

可尽管在电脑方面艾尔塔是个天才，但卫星这个东西对他来说还是太过陌生了，他花了很多时间摆弄它，三百六十度转向，发出信息，最后也没得到任何的反应，这不禁让他感到有些失望，只好将它先丢在一旁。

没想到一个月后的这天，当艾尔塔回到住所打开电脑的时候，却发现自己收到了一条信息，打开后是一行看不懂的乱码，他用语言翻译系统翻译后，不禁吓出了一身冷汗，屏幕上赫然写着一行字："你好，我叫蔚佳。"

（二）

艾尔塔盯着这句话足足愣了有十分钟没有缓过神来，蔚佳，谁是蔚佳？她怎么追踪到我的地址的？自从他成为黑客以来，还没有人能够直接定位到他的 IP，这不免让他感到有些手足无措。

然而在查询了一下信息的来源之后，他才松了口气，这条信息居然是来自那个报废的通信卫星，一个月前他摆弄了它一番之后，用它往外发射过几条问候的信息，没想到现在居然收到回音了。只是这反射弧也太长了一些吧，怎么可能过了一个月后才有回应呢？这个蔚佳

究竟来自何方呢？

　　调取了一下卫星的运行记录后，艾尔塔的下巴几乎都要掉下来了，这条信息并不来自"异乡"，而是来自外太空，准确地说是赤经18h36m56.3s、赤纬 +38° 47m1.0s 方位。艾尔塔估算了一下，如果她收到信息后第一时间就回复了他，那么她和艾尔塔之间的距离差不多应该有 4000 亿公里那么远，用光速要足足走半个月才能到。

　　平复了一下心情后，艾尔塔心中的疑惑不禁开始蔓延开来，首先，这个蔚佳究竟是谁，她能收到信息说明她也是智慧生命，但她怎么会理解他所发过去的语言呢？其次她究竟如何反向定位到他的位置，并将信息发回卫星之中呢，难道这是什么更高级的文明吗？

　　带着诸多的疑问，艾尔塔着手写起了一封很长的邮件，这对他而言并不是一件容易的事，毕竟从小到大他都没有怎么和除了计算机以外的东西交流过，写程序他确实很在行，但和人聊天他是真不会。

　　在写了删、删了写之后，他终于憋出了一封蹩脚的邮件，里面简要地介绍了一下"异乡"的状况，例如，它绕着一颗名叫"Apollo"的恒星公转，自转速度很慢，没有四季变化等等。写完之后他调整了卫星的角度，然后将它发了出去，做完这一切后艾尔塔莫名地感到几分轻松，还有几分惬意，这是他这么久以来第一次觉得有些激动，虽然并不知道对方的身份，但他从未想到原来和人聊天是一件如此开心的事情。

然而激动过后，艾尔塔又莫名陷入一种无以名状的孤独之中，毕竟对方不可能马上回复他，这一等又要过整整一个月。他躺在床上环顾了一下自己昏暗的地下室，回想自己从小到大的这些经历，不免开始怀疑起自己的人生来。自己原本只是一个批量生产的产品，存在的意义就是为战争服务的，但逃离这一切后，却发现人生并没有因此而产生什么更多的意义，他对此感到绝望，甚至愤怒，却无能为力。

他曾听说，很久很久以前，当人类还居住在地球上时，虽然也有战乱与饥荒，但那里始终有一种名叫"爱"的东西，人们赞美它，歌颂它，甚至愿意为了它抛下一切，然而随着地球的毁灭，"爱"并没有被保存在任何资料里被带到这个地方来，第一批人类在"异乡"扎根后，他们所有的行为都是为了延续人类文明，这里一切的结合都只是为了繁衍生息。

或许这是一种并不存在的情感吧，毕竟它太过遥远，遥远得仿佛是一个并不真实的传说，就像这不知从何而来的蔚佳，如空气一般捉摸不定，你甚至都无法断定它是否只是一个无聊的玩笑。

（三）

一个月后，蔚佳准时回信了。

这封邮件很长，长到艾尔塔都有点难以置信，他足足看了半个小时才将它读完。原来蔚佳他们也是"人类殖民计划"中幸运延续下来

的人类文明，他们的星球叫做"蔚蓝"，是一颗百分之九十的面积都被海洋覆盖的蓝色星球，由于飞行器找到它的时间比"异乡"早两百多年，他们的科技已经发展到公元 3000 年以后的水平，这也是为什么她能够准确定位艾尔塔的位置。

蔚佳在邮件中非常激动，她说由于"蔚蓝"上的土地有限，人口一直控制得非常少，以至于每家每户都能够拥有自己独立的通信卫星。那天蔚佳收到艾尔塔的信息时，简直不敢相信自己的眼睛，因为她的计算机是可以自动翻译并且显示语言来源的，因此她立刻就知道这是一条来自人类同胞的问候，这让她兴奋了一整天，但由于不知道对方的状况，只好回一句："你好，我叫蔚佳。"

蔚佳说她是一个女孩，今年 16 岁，和父母还有姐姐住在一起，她家住在一座岛上，四面都是海，家里还养了一只宠物，叫做"伊墨苏斯"，这是"蔚蓝"上的一种海洋生物，全身长着柔顺的长毛，很温顺。她还说，她们星球的工业文明已经很发达了，一切生产生活都已经全部机械化，他们一家人过着很安逸的生活。她平时除了通过互联网学习知识，还喜欢弹弹钢琴，那是一种曾经失传的乐器，人们通过飞行器里残存的资料成功复制了出来。

看到这里，艾尔塔受到了深深的震撼，他从未想过在另一个星球上，人类居然以一种完全不同的面貌在生活着。关于蔚佳信中所描述的关于"蔚蓝"的一切，艾尔塔单凭大脑都无法去想象，对他而言，去理解"音乐"都是非常困难的一件事情，毕竟"异乡"上没有艺术，三百年前当他们的飞行器第一次着陆时，所有关于艺术的资料就已经全部被损坏了，因此他从小到大甚至没有听过一首歌。

当他读完蔚佳的这封信后，仿佛是做了一个很长很长的梦，梦里有着他所触碰不到的生活，以及关于美好的想象，可这一切却又是如此的遥远，这遥远不仅仅是一个比喻，而是实实在在的距离，毕竟4000亿公里不是一个可以用思维去丈量的长度。

在回信的时候，艾尔塔把自己的这种羡慕与遗憾都写在了里头，这一封邮件的语言组织得依旧蹩脚，但明显比上次要顺畅得多了。这是他第一次试着把自己的情感融入了字里行间，他对蔚佳描述了自己的生活，还有关于"异乡"上所发生着的一切的困惑。

在信的最后，艾尔塔加上了一句"盼尽快回信"，然后点了发送，可发完后他又有些后悔，觉得这真是一句多余而可笑的话，毕竟再快又能快到哪儿去呢，光已经是这个世界上走得最快的一样东西了呢。

（四）

于是艾尔塔和蔚佳就这样成了"笔友"，在茫茫宇宙中隔空对话，时间是他们的邮差。

由于他们一个月只能聊一次，因此他们都会努力把信写得很长，这样可以保证聊天的内容尽量丰富，毕竟一个月时间说长不长，说短

也不短，他们都能体会等待的过程是非常让人心焦的。

起初两个人聊的内容都是关于彼此星球的一些状况，因为他们对对方的星球都有着强烈的好奇心。但随着时间的推移，他们聊天的内容也开始变得宽泛开来，艾尔塔会和蔚佳聊起自己做黑客的一些趣事，而蔚佳则会给艾尔塔解释艺术的含义，比如音乐究竟是什么，它存在的意义是什么。

艾尔塔原本想让蔚佳把音乐甚至是一些"蔚蓝"上的图片发到这里来，但是由于两个星球间的距离太过遥远，太大的文件是无法顺利发送的，因此他们依然只能通过简单的文字来进行交流。

时间过得飞快，不知不觉一年过去了，艾尔塔和蔚佳已经互通了二十四封邮件了，他们彼此早已成了无话不谈的好朋友。蔚佳时常会把她读到的故事发给艾尔塔一起分享，还给他发自己写的日记，而艾尔塔则会用程序把文字排成各种奇怪的形状发给蔚佳，甚至将信倒着写，想要逗她开心。

有一次，艾尔塔在信中问蔚佳，不知道她究竟长什么样，如果他们之间的交流永远只能停留在文字上，那他可能一辈子都不会知道她的样子了。蔚佳的回信中同样也充满了感慨，她说从一千年前人类在地球的命运，她明白了这个世界上有三样东西是注定无法逃离的，一个是时间，一个是距离，还有一个是死亡，当时的科技比现在的"蔚蓝"至少还要领先一千多年，却无法拯救地球上所有人的生命，可见人类终归是多么渺小的生物，无法逾越光速、距离，以及生死的鸿沟。

蔚佳的这封回信深深刺痛了艾尔塔，这一年以来和蔚佳的聊天虽然没有对他的生活有任何改变，但他的内心深处却在悄然发生着微妙的变化。艾尔塔发现他居然会觉得有些难过，一想到此生注定不能见到这个 4000 亿公里之外的人，心里有一块地方莫名收紧了起来，他忽然意识到自己应该做点什么，不该再这么毫无意义地活下去了。

从那以后，艾尔塔不再利用黑客技术干违法的生意了，他找了份正经的工作，还利用空余时间一个人在地下室里通过互联网自学起了天文物理学，虽然这门专业对他而言是零基础，但依靠他强悍的大脑与思维能力，他渐渐开始领悟了一些门路。

这一晃又是五年的时间，艾尔塔凭借他出色的计算机能力，最终在国家航天局里找到了一份研究员的工作。这五年里，除了忙自己的事情之外，他和蔚佳之间的通信也从未间断过。蔚佳现在已经 22 岁了，她在"蔚蓝"成了一名钢琴老师，教孩子们学习音乐。

由于彼此的生活都开始变得忙碌起来，他们之间的邮件不再像以往写得那么长了，多是关于自己的工作和生活，还有心情。但两个人之间的羁绊却丝毫没有减弱，毕竟这种固定的通信早已变成了他们生活中必不可少的一部分，这是一种习惯，也是一种依赖。

有一次，蔚佳的回信晚了三天，让艾尔塔整日心神不宁，后来当他收到后，才发现原来是蔚佳用各种符号画了一幅简笔的自画像。她告诉艾尔塔，自己并不会程序，只能一个符号、一个符号地去打，然后慢慢调整，没想到最后居然画了一个这么丑的自己出来。

艾尔塔看到后笑得很开心，他小心翼翼地把这幅字符画用 A4 纸打印了出来，然后挂在了实验室里，每次工作之余，都会久久地望着它出神。

（五）

关于艾尔塔为什么会想要去国家航天局工作，蔚佳一直也没有明白，当然艾尔塔对此也总是讳莫如深。

她只知道艾尔塔手中的那颗维系着他们之间联系的通信卫星属于国家航天局，她很担心如果有一天艾尔塔的这种行为被发现了，不知会落入怎样的境地。

在一封邮件中，蔚佳向艾尔塔表达了自己的担忧，但艾尔塔对此却不以为然，他回信说，自己的黑客技术是不会有纰漏的，并且这颗通信卫星是早已报废掉的，不会有除了他以外的人再对它感兴趣了。

但蔚佳之后说她更担心的一点是，如果他俩之间的通信有天暴露了，这意味着两个星球上的所有人都会知道彼此的存在，"异乡"和"蔚蓝"之间是否会为了争夺彼此星球的资源而开战呢？这是她最不愿意看到的结果。

　　艾尔塔看到这封邮件不禁哑然失笑，他没有告诉蔚佳，他现在在国家航天局研究的方向就是飞行器，无论是"异乡"还是"蔚蓝"，两个星球最快的载人飞行器的速度都不超过每秒 20 公里，这意味着即使发动战争，也要花超过 600 年的时间才能到达彼此的星球，这根本就是天方夜谭。

　　这正是时间与距离的可怕之处，虽然再长的时间和再远的距离，终有到达的那一天，但由于人类的生命是如此的短暂，这才让时空变得如此残酷。

　　但对艾尔塔而言，更加残酷的事情还是发生了，公元 5416 年 6 月，蔚佳发来邮件说她结婚了。

　　这封邮件是这些年来蔚佳发来最短的一封，寥寥数行，说的都是婚礼的举办时间和地点，以及她经历的整个过程，而关于她的心情，里面却只字未提，艾尔塔能读出这些字里行间充满的克制，与无法掩盖的抱歉与遗憾。

　　这天艾尔塔在电脑前坐了很久，他不知该如何去形容自己的心情，究竟是难过，还是别的什么。他未曾想过自己居然会如此依赖这个素未谋面的遥远的姑娘，这些年来她慢慢改变着他的生活，也成了他继续走下去的动力，但她在这一天忽然属于了另外一个人，这种失落感真的无法比拟。

这就是所谓的"爱"吗？艾尔塔并不想承认这一点，他从来也没有被爱过，更不懂得如何去爱一个人。与其说他爱蔚佳，不如说他羡慕蔚佳，羡慕关于"蔚蓝"的一切，那个星球的美好并不仅仅是科技上的先进，他从与蔚佳这些年的通信中渐渐感受到，那里的人类是有灵魂的，他们有音乐，有美术，有文学，更重要的是，他们明白什么是爱。

于是艾尔塔最终还是选择了祝福，他同样回了一封并不长的邮件，把自己的想法统统藏在了心里，从这天起他开始明白，最好的交流或许不是毫无保留地坦诚，而是有选择性地沉默。

（六）

从那时起，艾尔塔将他的精力全心全意投入了他的工作中，几年后，他从一个小研究员变成了整个实验室的总工程师，研究成果突飞猛进。而蔚佳则把重心放在了她的家庭之上，几年后她有了两个孩子，生活幸福美满。

但他俩之间的通信却依然没有间断过，这是一个只属于他们俩之间的小秘密，在彼此生活中一块细小的空余里，通过遥远而缓慢的星际邮件互诉衷肠，每个月一个来回，不多也不少，内容还像往常那样，关于生活，关于思索，还有关于这个世界的一切。

时间真的是个可怕的东西，十年，二十年，三十年，在茫茫的宇宙中或许只是须臾，但对他们而言，却已悄然度过了一生。

　　蔚佳最后一次收到艾尔塔的邮件是公元 5472 年 3 月。

　　这天八十岁的蔚佳躺在病床上，让孙女检查一下她的邮箱里是否有一封邮件，并让她念给自己听，照以往她是绝对不会让别人看自己的邮件的，但现在的她已经很虚弱了，没有办法再亲自去读了。

　　于是孙女把这封最后的邮件一个字、一个字地读给她听。

　　"你好，蔚佳，我是艾尔塔。当你读到这封信的时候，我已经不在这个世界了，其实这封信我很多年前就已经写好了，我叮嘱我的助手当我去世的时候，一定要把它发给你。

　　还记得很多年前，当我们都还年轻的时候，你曾对我说，作为人类，无论科技如何发达，都无法跨越时间、距离，还有死亡，这句话深深触动了我，这也是为什么我后来选择去了宇航局，我想要研究出这个世界上最快的飞行器，只要它能够超越光速，就能够超越时间、空间，甚至生死。

　　但我最终还是失败了，我穷尽一生研究出的飞行器，速度也无法达到光速的万分之一，于是我明白了，人类真的很渺小，渺小到甚至无法改变自己的命运，无法去见一见自己想要见到的人。

　　然而我这一生并不遗憾，我真的要感谢你，感谢你这么久以来的陪伴，我们虽然从未见过面，但你比我一生中见到的任何人都来得更加真实与真切。你教会了我很多东西，让我明白这个世界上除了活着以外，还需要去追求更多更有价值的东西，比如希望，比如美，比如爱。

　　我这一生都没有伴侣，也没有留下后代，对我而言，这一切并不重要。我用尽一生试图去理解'爱'的含义，当我的生命即将走向尽头的时候，我才似乎有了一点感悟。或许爱本身并不是多么复杂的一个东西，它不需要学习，也无法被传授，它是我们人类与生俱来的一种能力。

　　我的骨灰现在应该被安放在我研究出的飞行器里，正朝着'蔚蓝'的方向飞去，这是我们星球目前最快的飞行器，每秒30公里，但也需要400多年才能到达，如果我这一生做过什么最接近爱的事情，或许就是它吧。

　　最后，请你相信，尽管这个世界上，时间、距离还有死亡都是我们永远无法逃离的，但爱可以超越这一切，再见，蔚佳。"

　　听孙女念完这封邮件，蔚佳缓缓睁开了她的眼睛，对她招了招手。

　　"怎么了，奶奶？"

"我有一个心愿，我死后，请为我也准备一台飞行器吧。"

"您要做什么？"

"去赴一个 200 年后的约，我不想让他等太久。"

Chapter 07

少女老徐

曲玮玮

（一）

我承认，真的不是故意要认识老徐的。

那天去小湘菜馆吃饭，菜单翻了好几遍一直没服务生过来，我开始左顾右盼。发现有个服务生刚打碎几个杯子，被老板训了一顿，蹲在地上哭得捶胸顿足，让人看着都揪心。

我用词真的不夸张，她就是在那儿一边捶胸一边顿足。

又叫了一遍"服务员麻烦点单"，这个蹲在地上的姑娘突然爬起来，迅速擤一把鼻涕，用两管袖子抹一把脸，微笑着走过来，"请问您要点些什么呢？"

才过了几秒钟，心酸和委屈都藏起来了，好像什么都没发生，当时我就震惊了，天底下还有这么坚忍的姑娘。

震惊之后也没多想，只是掏出笔把这一幕记在小本本上，兴许能当写作素材。

本来到这儿也就没交集了，直到我发现录音笔丢在店里，已经大半夜，等我过去那家店已经打烊，整条街暗成灰色，她一个人站在门口一边踢空可乐瓶，一边大声唱梁静茹的歌，手里握着我的录音笔。

大冬天的，空气冰得带刺，她嘴巴像个小喷壶一样嗖嗖冒气。拿完东西我也挺内疚，试探着问她要不要一起吃火锅。

好啊好啊，我最爱吃了。

她一点儿也没和我客气。

这家深夜火锅店还有歌手驻唱，在"艾瑞巴蒂让我看到你们的双手"这种诡异气氛下，大家热火朝天地涮羊肉。老徐看上去比一般人还要忙，一边涮肉吃肉，一边含糊地跟着唱歌，身体来回摇摆，差点从高脚椅子上掉下去。

唉，这首歌戳中我了……唉，这首歌让我想起了辛酸往事……唉，早知道伤心总是难免的，你又何苦一往情深……

老徐那会儿刚失恋，我终于知道，失恋的人不能听歌，什么也不能听。

每首歌写的都是自己。

失恋的人都是饥荒鬼，什么样的歌都能细细咀嚼，一口咽下，酿出自己的苦水。

（二）

后来跟老徐成了好朋友。有的姑娘像栀子花玫瑰花，有的姑娘像含羞草狗尾巴草，老徐什么花花草草都不像，像一种邪恶的水果叫黄瓜，刚洗过还带水珠的，生脆，直接，带劲儿。

为了晚上常和老徐耍在一起，我在对街一个小买手店找了份工作，客人不多，坐在里面看小说等她下班。

然后她脱下脏兮兮的工作服换条小黑裙，再化个妆，我们就在新天地或者淮海路四处溜达，遇到没去过的酒吧就钻进去。她猴儿急地想往里蹿，我一把揪住她，从头发闻到腋下，发现还是一股挥之不去的劣质香烟和后厨油烟味儿，只好按住她从头到脚给她喷香水。

别的姑娘都两眼放光扫帅哥，老徐进 club 只盯姑娘看，目标就是那种欧式双眼皮，内眼角快开到鼻梁边上，山根笔挺和尖下巴的姑娘。

"喂，玮玮，看那女的，卧蚕打那么厚，像不像两条长棍面包？"

"喂，玮玮，看那女的，鼻子都通天了，像阿凡达不？"

我想说老徐进来瞅瞅是不收你钱，但也不带人身攻击的啊。我焦虑地一边喝酒一边听她舌灿莲花，心想大概是她工作压力太大，由她去吧。

有次老徐扯嗓子吐槽，恰好"动次打次"的音乐戛然而止，旁边的姑娘听出来老徐在骂她，直接走过来半杯长岛冰茶倒在老徐高跟鞋上。

"姑娘，你这眼角在哪儿开的啊？"老徐两脚一叉，一鼓作气还没示弱。

说完顿了顿，看出气氛不对，几个彪形大汉正往我们这儿靠，只好拉着我拔腿就跑。拨开人群跑到一个小巷，我俩扶着墙喘气，我有点恼火了，天天这么玩，太不可理喻了。

老徐抓着墙开始哭，扔了高跟鞋哭，把鼻涕抹我袖子上哭，抱着自己膝盖哭。

有句话说得真好，有的人嘴上那么毒，心里一定有很多苦。

（四）

很多人刚分手时唯恐对方过得比自己好，所以在朋友圈花式晒幸福、晒闺蜜，但老徐分手后的朋友圈里今天发打碎盘子，明天记错菜单，后天脚扭到肿得老高，而且天天被老板骂，赚的工资还不够扣的。

前男友虽然没给她评论也没点赞，但老徐说只要他看到我过得没他好，应该心情会爽。说到底老徐是愧疚。

直到前男友找了个网红女朋友，开着玛莎拉蒂从学校门口把他接走，老徐彻底不淡定了。上网一查，她比老徐大六岁，一堆人在微博跪舔她"女神"，还养一家网店赚不少钱。去酒吧，因为在那儿遇到网红型美女的几率最高，老徐想发泄。但迫于我的淫威，老徐答应我，以后只许在大街上遛弯抒情缅怀过去，不能走极端。

但我低估了失恋者的敏感程度。他们的伤口还没结痂，脆弱得如同泡沫，把一切无限放大，任何事情都是往事的导火索，让他们瞬间失措。他们像一张惨兮兮的靶，现实中的一切都可能把他们射得百孔千疮。无论一首歌，一句话，一段路，一座建筑，还是一个表情，都能轻而易举击中他们，让他们想到过去，然后走向崩溃。

在街上遇到男孩蹲下来给女孩系鞋带，老徐看到之后，把头背过去然后搂着我大哭。她想到和前男友在一起的时候，在学校人流最多的路上，她故意把鞋带踩开，前男友蹲下来系好，她又把鞋带踩开，两百米的路他一共蹲下来九次，路上还有一群人在给他们起哄鼓掌，拍视频发朋友圈。

还能勾她想起别的往事。比如，老徐规定每隔一小时就要他语音说六十秒不带重复的情话，为此前男友把古往今来的情诗背个遍。比如凌晨三点她做噩梦惊醒突然吵着喝奶茶，他马上从床上跳起来，然后骑车好几公里买给她。

爱到能拍偶像剧的矫情程度了还能分手，真想不通。

我摸着老徐的头，说没事的，我们还会找到更好的。

老徐哭得更惨了。

(四)

那时候老徐虽然不懂事，三天一小作，五天一大作，但前男友宠她宠得不像话，一个愿打一个愿挨。

到老徐过生日前的一个月，前男友趴在她耳边问她要什么礼物，老徐回寝室刷淘宝三小时，把链接发给他，然后心满意足地上床睡觉。

生日那天早上，前男友带着打包好的礼物在公寓门口等她，然后两人约好去欢乐谷玩。老徐手忙脚乱拆礼物，脸上的笑突然僵住。说

好的单反套机呢？怎么变成拍立得了？

男朋友看出她不开心，慌乱跟她解释。老徐直接把拍立得和包装纸一起往旁边垃圾桶里丢，混着眼泪边哭边骂他，大意是谈恋爱这么久，她也不舍得他花钱，两人从来没出去像样吃顿饭，没逛街买衣服，没让他送任何东西，去食堂吃饭看他老吃素菜她自己都不好意思多吃两块红烧肉。这都过生日了，礼物早就订好了竟然都满足不了，太不像话了。说完一赌气，老徐说，不如分手吧。

正好有几个女生路过，笑嘻嘻看着他们俩，小声嬉笑说："这就是学校最著名的作死情侣哦。"

男朋友大概被最后一根稻草压到极限了，攥着拳头扭头走了，半小时后给老徐发信息说："那就分手好了。"

花一个月时间周末坐两小时地铁做家教，晚上到湘菜馆后厨打工，最后钱不够甚至站街发传单终于给她买了件礼物，十秒钟后，被她丢进垃圾桶。

老徐又心软了，但天蝎座打死不吃回头草，两人也就这么僵着。老徐为了惩罚自己也跑去那个湘菜馆打工，每天把自己搞得身心疲惫，直到前男友找了新女友。

（五）

老徐不忍心失去一个曾经对她这么好的人，思前想后决定放下天蝎座的尊严，主动做点什么。打工一个月，刨去七七八八被克扣的工资，拿到几百块钱买了飞利浦剃须刀，给前男友当生日礼物。

生日那天晚上我跟老徐一起躲在他公寓楼的树下，老徐抱着礼物反复跟我对词，琢磨接下来要说什么。

每天晚上八点前男友下楼去学校报刊亭打工，老徐掐着表等时间点。结果八点钟除了等来前男友，还等来四个大箱子，还有网红和那辆玛莎拉蒂。前男友从公寓搬出去和网红同居，两人在风中拥抱，然后笑逐颜开地携手迎接新生活。

凌乱的老徐把礼物丢在地上，咬紧嘴唇一言不发地把我拽走，小皮鞋踩得吭哧响。前男友看到了狼狈的我们俩，大声叫，老徐。

老徐停住了，沉思了几秒钟，像偶像剧慢镜头那样，缓缓转过头，发丝飘扬，眼睛闪亮。后来老徐说，她当时在想要不要趁这千载难逢的机会，直接把鞋脱了丢他脸上。

事实上是，老徐像偶像剧慢镜头下的女主角一样跑过去，然后两人一把抱住。前男友趴在耳边连说几十个对不起，老徐的脸背对着他

流泪。而他的网红女友在旁边刷手机，像阅尽沧桑的成年人看两个过家家的小屁孩一样，慈祥而宽容地看着他们俩。

"差不多得了，亲爱的我们走吧。"网红像女王似的一招手，前男友放开老徐，屁颠跑回去搬箱子。

那天我陪老徐喝了一晚上酒，老徐说要借机会清理一下肠子，等满肠思念和苦衷都吐出来，她就不爱了。她把几瓶健力士黑啤塞进包里，在学校门口找了棵看上去最俊俏的电线杆，抱着它边喝边吐。

我拽她拽不动，想安慰她她让我闭嘴，想抱她她把我推开，搞得我实在无聊，只好一边拿大衣帮她挡住脸怕路过同学认出来，一边拿手机看小说。

过了很久很久，把自己掏空的老徐说，她要忘记他了。我找纸巾给她擦泪，发现今晚她根本没哭。

（六）

老徐辞了餐馆的工作，继续忙她该做的正经事，穿着职业套装人模人样去外企实习。她又遇到了新男朋友，交往一个星期后就送她一套单反。但老徐没有三更半夜让新男友给她买奶茶，也没有故意把自己鞋带踩开。受了点情伤，吃了点社会的苦，老徐好像成熟多了。其实曾经的"作"也不是错，只是她更懂体谅了。

她和我说，为什么他让我变得更好了，最后跟我在一起的反而不是他呢？太可惜。

老徐想到曾经她要考线性代数，学文科的前男友硬是花几个通宵把教科书自学一遍然后陪她刷题。在通宵自习室，他悄悄跟她说，我们会永远在一起。

他曾那么笨拙而热烈地爱着她，一无所有又倾其所有。

（七）

可错过就真的错过了。他爱不动了，爱怕了，所以找到可以用更舒服的姿势去爱的别人。

前男友给老徐发消息，说要出国读书，说打算跟女朋友定居在国外，说保重。

老徐也一字一句地按下：保重。

像气球被一根刺不小心扎破微不足道的小口，随着时间过去，气也会漏足的，感情就是这么微妙而残酷。

但没关系，可能爱情更伟大的意义并不是占有。总有一个人活在你的记忆里，你们最后没有在一起，但是他让你落泪之后野蛮成长，成为现在的模样。

他曾是你暖心的炉火，也是你遗憾的月光。

Chapter 08

斑马

陈艺璇

张小树和祝无双每次吵架到最后，祝无双都会气冲冲地冲回宿舍，把张小树晾在春雨、夏暑、秋寒、冬雪的女生宿舍门外。

张小树有一天不愿意了，说："祝无双你必须给我出来，不出来我就要……"

"你就要干什么呀？"阿姨无聊地磕着瓜子说。

"我就要，我就要让全宿舍的人，都知道我爱你。"

住一楼的祝无双听见了张小树的话，轻轻地叹了口气。

时间倒退三十二个星期。

祝无双正在电脑前进行每天的必修功课。刷刷刷，五花八门的信息从眼前飞过，男神张小树的微博里，每条信息都好像很重要，他圈的每个人，他关注的每个博主，都要点进去仔细观察。祝无双企图在里面搜寻到蛛丝马迹，以便于朝男神更靠近一些。

又有新收获的祝无双沉思几许，噼里啪啦敲上几个字，点上确认键就舒适地躺进了靠垫中，拿出手机，刷刷朋友圈，看到有人说"喜欢就是把你一万条微博都点赞"，不屑地评论道："喜欢，是连你未来一万条的微博，我也要点赞。"

果然几天以后，男神主动向她发来了私信说，"不好意思，圈错了哦，之前朋友是这个名字，他更改了我没发现。如有烦扰请原谅。"

这说的是男神在几天前发的一条原创状态，圈了他常圈的两个死党。祝无双点进去看的时候，页面显示对方账号不存在。祝无双灵光一现，嘿嘿笑了，迅速把自己的微博名字改成了与本人完全不符的"给我进球 ZQ"，以至于很长一段时间都有人在评论里问她，无双你是篮框吗？

无双完全不在意这些，她在意的当然是，张小树终于主动联系上了她，终于！处心积虑了这么久，都快急成电厂烟囱了。男神终于迈出了第一步，嗯，是男神迈的，嗯。

祝无双心中微微颤抖着，把已在心中重复无数遍的那句话发送了过去："嗯，这么巧，看你资料，你也是 F 大的？"

也不知道是怎么聊起来的，可能祝无双准备太充足，说起张小树的星座是一目了然，猜起张小树的爱好是如数家珍，和张小树探讨起来滔滔不绝，如有神助。

也不知道是怎么偶然相遇的，在电梯间，在教室，在很宽阔的食堂里，就是一次次擦肩而过，心跳对视，就是我的眉毛跨过人群找到你的眼。

当然，这都是张小树眼里的。他不禁说，"我们真是，有缘。"还有，"你是个好有趣的女生。"

都说设计好的爱情比较廉价，因为不纯洁。可是如果真有一个人，在大家都很忙很自我的时代，愿意花时间为你设计，应该，是不坏的吧？

祝无双就是这么想的。

"祝无双，我喜欢你。"张小树在黑灯瞎火并不浪漫的实验室楼梯间跟她说。祝无双还没反应过来，就被张小树一把拉过去，抱在了怀里。

我也喜欢你。她幸福到死地在心中默念。

其实张小树并不帅气也不霸气，他的标志是常年飘逸在额头的几缕自然卷的刘海，但从来都没有看起来很油。脸上有几颗痘痘，不过天生白净。有很多件毛衣和格子衬衫，搭配水平一流，举手投足都是书生的气质。

张小树有的是才气，诗词书画，主持跳舞，样样都很在行，在人群里杵着，第一眼看他就是很不食人间烟火的样子。在祝无双眼里，他就是全天下最好看，好看、好看、最好看。世间最抵不过的，就是情人眼里出西施。

起风的日子，张小树靠坐在自行车上吃菠萝面包，衬衣鼓着气儿，很快又垂了下去，他全然不受影响，只顾偏着头看自行车后座展开的书。

谁不爱那风中翻翩的少年。

接到张小树表白后的某天晚上，祝无双盯着天花板无法入睡，内心一片安宁圆满。她为这份幸福落下了眼泪。

从彼此一周只能找到一两个借口相约，到如今时时厮守，储备了大量男神资料的无双仓库，逐渐迈向枯竭。当意识到的时候，仓库已经亮起红灯，忽然醒过来的祝无双不禁打了一个寒战：该补弹药了。

祝无双重操旧业，翻起了张小树的微博，现在又增加了朋友圈、说说的信息，可是翻来翻去，无非都是张小树白天跟她讲的那些事。超过三十个点赞和评论带来的海量信息，祝无双也翻不动了。终于瘫倒，陷入一日复一日附加的恐慌当中。

祝无双终于感受到了世界的残酷。

张小树："双双，我下课练琴你要不要去听？"

张小树："稍等哦……我在给学弟修改论文。"

张小树："双双！我的课题通过了，我们这次论的是￥#……%……%#￥￥#居然也通过了！"

祝无双侧过脸去，尴尬地干笑两声，努力去形容那完全听不懂的课题内容说，"这么冷门的研究方向，你们也过了呢……"

当天下午，无论祝无双怎么伪装，她的脸色还是很不好。张小树拉着无双，彷徨得像冬至的蚂蚁。

"双双，你怎么了？"

无双强颜欢笑，用干涩的嘴唇说，"没事。"

张小树皱紧了眉头。"不是一天两天，你别骗我，你到底怎么了。"

滚烫的泪立刻从祝无双的脸上滑落，还没滴到胸膛，便已经冰凉。

无双凄凄地说，"我无法忍受自己，总是这样无所事事地跟着你，看着你大好年华青春四溢，而我像个废物，一无是处，连你的话都接不好。"

张小树瞪大了眼，"你胡说什么，你的好我都数不完！"

祝无双摇摇头。男神张小树春风得意，而自己只是个连特长那一栏都要空着的再普通不过的坐拥三宝的女大学生，而这三宝不过是睡觉、韩剧、刷淘宝。

祝无双变得阴郁而寡言，只有和张小树在一起的时候，爱笑一点。其他时候，都被脑海里自惭的思绪所淹没。

她呆呆地想啊，要是当初没有去招惹他那该多好。他应该和更好的人在一起。

她不怎么吃饭，也睡不好觉，逐渐消瘦下去，肉嘟嘟的脸蛋化为棱角，其实一点也不好看。

张小树下了最后通牒，说："祝无双你给我听好了，我就是喜欢你、喜欢你、喜欢你，喜欢你聪明也喜欢你傻，喜欢你谈论也喜欢你安静，喜欢你梳妆打扮的精致，也喜欢你刚起来乱糟糟的造型，喜欢你调皮也喜欢你懂事，我喜欢你并不是因为你哪一点特质，而是整个你呀。你要是再瘦下去，我就要把你送到医院去打点滴。"

张小树知道祝无双最怕针，祝无双听到之后，哇一声哭了起来。可是哭完还是会说，"你觉得我好，只是出于你的主观，你将来总有不喜欢的时候，那一天你就会发现我没什么好的，腿又短，皮肤又差，还不努力，你会后悔在我身上耗的这些时间。"

张小树摸摸无双的头，怜惜地说，"傻瓜，可是，那要我不喜欢你啊。我怎么会不喜欢你。"

因为心疼和急脾气，对于永远固持己见的金牛女生祝无双，张小树真的是没有办法。无论怎么说，无论怎么办，祝无双还是用伤怀的眼神对着他，一片愁云遮脸庞。

"无双啊无双，我真不知怎么说你才好。"

祝无双痛苦地回，"你不要再对我说教。"

祝无双开始躲避和张小树争论这件事，她说，"人丑事儿多，对不起，我受不了我自己。"

她靠逃避度日。白天躲在宿舍里面刷韩剧，有时候默默流泪，都不知道是为了剧情还是自己对人生的思索。过往像电影一样放送，而

苦情人在观众席中被生生捆住，毫无抗力地接受伴随情节连绵而来的矛盾、孤独、困惑、无助。

张小树就站在楼外等她，下雨就打伞，刮风硬扛着。终于得了重感冒，被送到医院打点滴，过了两天祝无双才知道。她奔到医院里面去，肿着眼睛，红着血丝，握住张小树的手，明明想嚎，却异常温柔地问他，"你傻了，琴不练了？"

张小树咧开嘴一笑，无所谓似的。"不练了，哪有媳妇重要。"

祝无双就要伸手玩笑地打他，张小树赶紧求饶说，"真的真的真的，弹琴就是吃青春饭，你可是一辈子的。"

祝无双就又开始落泪说，"值不值得、值不值得？为了我这样的人……"

"值得！"张小树坚定地回答，"虽然等你一个月，像等了春夏秋冬四季，经历过日晒也经历过早雪，风啊霜啊，都好像在随着季节轮回，我觉得自己却没有变，就是想你快乐，想给你安稳。我能做的只有等你，那我就一直等你。"张小树别扭地转身，用没有输液的另一只手，替她拭泪，说："别哭了，女孩子的眼泪可如钻石般珍贵。"

祝无双从四处堆着的废纸团、还没洗的衣服里起身，她把屋子收拾了又收拾，一再地跟室友道歉最近的邋遢。她去辅导员家里借厨房，买了鸡、鱼、土豆、虾，一边念着写有病后营养大餐的菜谱，一边手忙脚乱地放盐放醋。

做好之后，张小树都呼噜呼噜吃干净了，祝无双想，自己在做菜方面还是蛮有天赋的嘛。那天阳光很好，祝无双嘻嘻一笑说，我也不是一点儿用没有呢。

"你听过斑马的故事吗？"张小树这样开头。

"是斑马过河的故事吗？"祝无双那样回答。

张小树笑着摊手，摇了摇头。于是在医院那天，张小树给祝无双讲了这样一个故事。

说是在一个动物园里有只长颈鹿，他身上有好看的花纹，善于哼唱动听的歌谣，因此招揽了很多喜欢他的朋友。斑马小姐是其中之一。她总是仰望他站在梅花鹿中，一览众山小。

梅花鹿们都会在吃完鲜草的午休前，开着长颈鹿与白马公主的玩笑。

在马匹的种群里，白马是最为稀有、最为昂贵的，还因人类的宠爱，多了太多的象征意义，可除去这些，在马儿们的生活中，白马也是最强壮、最俊美、最有风度的马。喜欢上长颈鹿先生的斑马固执地相信，长颈鹿应该娶白马公主。因为白马是马中最好的，斑马想，这样长颈鹿先生才不会吃亏。

不行、不行，斑马想，长颈鹿先生不能和白马公主在一起，因为我喜欢他。

那，怎么办呢？聪明的斑马想到了一个办法。斑马走到长颈鹿面前，仰着头，递上树叶。"长颈鹿先生，你好，我爱慕你已久了，斑马说。"

"你是谁啊？"

"我是白马，"斑马答，"这不是骗人的把戏。"

因为斑马相信，自己可以和白马一样。

于是斑马对长颈鹿说，"你看你看，我有好看的须须。"

"你看你看，我能日行百里。"

"你看你看，我不用吃树叶也能活下去，是不是好厉害？"

长颈鹿先生接纳了斑马，可是斑马很快发现，自己跟着长颈鹿跑不快，也不能很美地抬起前蹄。斑马发现自己永远做不了白马，整夜伤心哭泣。

正好这段时间，长颈鹿见到了一匹白色的马，便回来问斑马，"你真的是白马吗？为什么你有花纹呢？为什么你没有那么高大呢？为什么你的鼻子那么小呢？为什么、为什么呢？"

斑马说，"因为我文身了。因为，因为我小时候早产。因为，因为，因为……"

斑马答不上来了，在心里小声地念，"因为我是斑马。"

"我不喜欢白马呢，"长颈鹿先生说。

斑马抬起了头来。

长颈鹿先生接着说，"他们太白了，没有花纹，不好看。他们跑得太快了，看都看不见，他们一不洗澡就好难看、好难看。"

祝无双说，"我是斑马，因为坚信长颈鹿理应和白马这样的人在一块儿，所以想要成为白马，但现实让我妥协。我是斑马，不强健，不壮美，傻乎乎的斑马。"

不是白马的斑马。

"是啊，你是斑马，在靠近白马的路上忽略了找个梯子可以离长颈鹿更近的方法。"张小树说，"我们继续讲故事，好不好？"

"我来讲、我来讲，"祝无双抢下话头，张小树只是微笑着、安静地在一旁看着她。

祝无双想了想，郑重地讲道，"于是，长颈鹿问斑马小姐，那么，你是想向白马靠近呢，还是向我靠近呢？斑马没有回答，只是默默地向黑熊大叔借来了梯子。"

Chapter 09

再见了，我的姑娘

张志莉

2009 年，林先生是白小姐的闺蜜，他们一起考上了北京的大学。只不过他们一个在海淀，一个在房山。

林先生总是喜欢在周末穿过大半个北京城来找白小姐。白小姐从来没把他当过男的来看待。见他之前白小姐从来不化妆、不洗头发、不穿裙子、不穿恨天高，总之怎么方便怎么来。

当然，据林先生说，他也从来没把白小姐当女的看过。

那时候白小姐跟林先生一起出去吃饭的时候，吃得最多的是火锅，吃的时候白小姐从来不掩饰，想吃啥吃啥，想吃多少吃多少。有一回白小姐发现，在她低下头吃得不亦乐乎的时候，林先生在偷偷拍她的吃相。他说，"你丫这么难看的时刻，我可得拍下来发朋友圈。"

那时候林先生在白小姐面前总是特别神奇。每次白小姐在朋友圈传的照片，林先生总是看一眼就能近乎精准地说出她目前的体重。冬天的时候，有一阵白小姐胖到了 115 斤，白小姐一口咬定自己依然是 105 斤，林先生发了个坏笑的表情，"姑娘啊，怎么胖到 115 斤了。"

白小姐跟他撕逼。天昏地暗。其实白小姐一直没想通他到底是怎么估算出来的，怎么会说得那么准。

后来白小姐得了一个全国大学生英语大赛一等奖，很多人对白小姐表示了羡慕嫉妒恨，白小姐对每个来恭喜她的人都微笑着说："谢谢我还需要再努力。"见到林先生以后说，"卧槽老娘好牛逼，真想让所有人知道老娘有多牛逼啊哈哈哈……"

林先生笑着递给她奶茶，这回没跟她抬杠。

大二的时候，白小姐想找男朋友，脑海中有那么一瞬间闪过林先生。可是她对他没有心动的感觉啊。

2010 年 10 月份，白小姐找了男朋友。瘦，很会穿衣服，烫的短发。林先生知道白小姐找了男朋友，就不再像以前那么频繁地来找她了。

一天晚上，林先生分享了朋友圈里一个恶搞的问卷，其中有一个问题是，"你上一次性生活是在多久以前？"白小姐上当了，她如实填了，一周以前。然后，那份问卷的答案就被刚打完球的林先生看到了。

一周以前，正好是林先生的生日。白小姐骗林先生说自己在外地实习，所以没法赶回去给他过生日。其实，那天白小姐的男朋友来找她。

林先生什么都没说，删了白小姐的微信。一个人坐在操场上，喝酒到天亮。他难过啊，他的白小姐，应该一直是一尘不染的啊。

那是他第一次，舍得删白小姐的联系方式。

2012 年，白小姐在北京找到工作，林先生父亲病危，所以他回家乡了，他和白小姐共同的家乡。

林先生离开以后，白小姐觉得偌大的北京城空空荡荡，可是，她的梦想和爱的男人都在这里。

见不到白小姐的日子里，他一直坚持喝白小姐最喜欢的那种咖啡，下载白小姐每一次分享在社交网络上的歌。白小姐的妈妈在街上卖豆腐。很多很多次，林先生来来回回地坐公交车，只为经过她妈妈的摊前，看一眼白小姐的妈妈。

他从来都是这样，能跟白小姐吃一样的东西，喝一样的咖啡，用一样的水杯，听一样的歌，看一样的风景和人，他就已经很开心了。

在白小姐面前，他从来都没有自己。

即使他无数次告诉自己他不爱她了。

林先生父亲去世的那晚，天空下起小雪，他给白小姐打电话，什么都没说，哭了整整一个小时。

其实白小姐喜欢过很多男人。每一次她都用尽力气。她和他们都上过床。唯独林先生。他对她太好。她舍不得和他上床。她觉得，自己配不上。

2014年，高中同学聚会，人很多，觥筹交错，推杯换盏，欢声笑语，大家互相有意无意地秀房、秀车、秀老公、秀孩子，白小姐很安静，浅浅地笑着，他的目光穿过无数人，一直偷偷看她。快要撞上她的眼睛时，赶紧躲开。

太久没见她，他好想问问她，那个男人对她好不好，上班时有没有人欺负她，这些年她累不累。

以及，有没有想过自己。

知道白小姐要回来，他用半年时间，减掉三十斤。留了头发，烫了。因为他记得白小姐以前喜欢的男生就是瘦，短短的卷发。

后来他和身边的姑娘玩儿自拍，嬉笑打闹，然后趁白小姐不注意偷偷拍了她一张。目的达到，放下手机。

其实他手机上有很多她的照片，从 2009 年开始，每一次她吃火锅的样子，她大笑的样子，她安静看书的样子，她爱上他的样子，她沉默的样子……以及每次她在任何社交网络上传的照片，他都会一张不落地存下来。

很多个夜里。他都闭着眼睛轻吻手机屏幕上那个浅笑着的嘴唇。

她看着瘦了那么多的他，觉得说不出的难受。

她不知道要怎么告诉他，自己订婚了。未婚夫稍胖，平头。

2015 年刚开始，林先生的脑袋里长了颗瘤。他让所有人都对白小姐保密，他不想让她担心，他想，如果能挺过这一次，他一定要亲口告诉白小姐他爱她。他一定要亲口告诉她自己这些年的努力和等待都是为了她，他一定要跟她求婚。如果挺不过去，就让白小姐忘了他吧。就像忘了一个许久不联系的朋友。

手术前夜，林先生的母亲还是偷偷给白小姐打了电话。她太了解自己的儿子了，她知道儿子拒绝每一次的相亲都是因为白小姐，她知道那个姑娘在儿子心里的分量，她怕万一，她怕儿子会带着遗憾走。

白小姐听电话的时候，头皮发麻，全身都在抖，眼泪倾泻，她从来都没有那么害怕过，她这些年之所以过得安心，是因为她知道林先生生活安定，每次看到林先生在微信群里跟大家聊得很开心，或者林先生发了什么搞笑的表情，或者林先生遇到什么好事，白小姐都会笑。她每天都看他的微博，她知道他在远方很好地活着，知道他工作不错，很少加班，知道他能好好吃饭好好睡觉，每周都会去运动，知道他单位里有个说话很搞笑的大哥，知道他能经常笑，知道他母亲身体也不错，知道他也一直默默看着自己。

可是，怎么就忽然长了瘤呢？白小姐擦掉满脸的眼泪，擤了鼻涕，去卫生间洗了把脸。给林先生打电话。

"小林啊，你干嘛呢？"白小姐装出从前嬉闹的语气。

"刚洗漱完上床躺着，今天跟哥们儿去打台球了，你呢？"林先生声音微弱，努力地发出笑声。

"我没事儿，就是有点儿想你，你还欠我好几顿饭呢，我提醒提醒你。"白小姐的眼泪又冲了出来。

"哈哈，没忘，过些天，过些天我就去北京找你。"林先生好想活下去，好好见见她。

"好，那一言为定啊，小林，你早点儿休息，过些天一定要来北京找我啊，我等着你啊。"

挂了电话。白小姐看着茶几上的婚礼请柬，抱着腿在沙发上坐了一夜。

第二天手术，白小姐开车去了庙里，流着眼泪在佛前为他跪了一天。她在心里一遍又一遍地说，如果人真的能有下一世，她要干干净净的，一辈子做他的女人，照顾他一生。只要他能好过来，她愿意用自己后半生的幸福来交换。

好在最后，林先生活了过来。

康复以后，他去了北京。那天天气很好，凉风习习。北京也没有雾霾，路两边的树木青翠，在蓝天下摇曳生姿。林先生带着戒指，步伐轻快地走到白小姐楼下。

巨大的红色拱形气囊，上面贴着红纸，红纸上写"热烈祝贺白 ** 小姐和魏 ** 先生喜结良缘"。

满地的鞭炮残余，楼里传出酒席的欢声笑语。刺眼的"喜结良缘"。

林先生在楼下站了会儿，把戒指扔进垃圾桶，转身回去了。再也没联系过白小姐。

直到一年以后，白小姐收到一封邮件。

我亲爱的姑娘，允许我这样叫你一回吧。

于我而言，你就像毒品，每次我看你一眼，就觉得沉沦。你身上有太多能让我沉醉的东西，可是你给过我的疼痛，也同样让我一生无法释怀。我不知道自己还爱不爱你，这几年我在很努力地戒掉你，我知道，戒你就像戒酒，一滴酒不沾不叫真戒，沾了不醉才叫真戒。可是我不敢再沾你了，我没勇气试探自己的心，我怕我还是一沾就上瘾。明天我就要结婚了，我要去一个永远不会有你的城市了，我想跟那个爱我的女人白头偕老。

再见了，我的姑娘。

我会幸福的，也请你，一定要幸福。

爱了你六年的　小林

白小姐看完邮件，笑了，摸了摸隆起的肚子，厨房里那个可爱的丈夫也刚好叫她洗手吃饭了。

Chapter 10

愿你是永远的彼得·潘，愿我是永远的小王子

晗姐万岁

前一天半夜，我的美女闺蜜 Cici 发来七条巨长的微信说感情问题的时候，我在边写大戏边哭，真的没有一点力气陪她聊。第二天我开始写戏的时候想起这件事情，问她怎么样了，她发来一张男孩的照片，样子帅气花哨，紧接着又发来一行字："我的新男朋友。"这和她那个交往了三年的清秀干净的男朋友相差甚远，我有些词穷，只好回了句"你高兴就好"。

我看着 word 文档，正好写到孟姜女翻山越岭地去寻找孟杞梁。戏的情节是她跋山涉水为他送衣，他情真意切苦苦支撑。可是我突然觉得无以为继，一种无法阻挡的讽刺感完完全全包围了我。

就好像我一直觉得《春娇与志明》的结局其实应该是张志明继续和尚优优上床，余春娇跟 Sam 走了，尽管我知道影视和文学作品都是

看讲故事的人怎么安排。我始终觉得张爱玲写的是好的，虽然残忍。

我真的好讨厌刻意出来的大团圆结局啊。

长得漂亮的姑娘就有这样的好处，失恋了能洒脱到隔天就换。但我们这种丑姑娘就不同，我们失一次恋得哭好久，直到双眼皮哭成了单眼皮，油性皮肤哭成了中性皮肤，才终于为了防止自己变得更丑而收回眼泪。

我每次都跟自己说，长得丑就要多读书。但我看的书越多，我就越觉得痛苦。我一直在找这样一本书，它会告诉你，梦想是会破灭的，亲人是会离开的，爱情是会消逝的，孤独是永恒的。

我把想法告诉 Cici 的时候，她很暴躁："老子的梦想就是有一天你能够不这么消极厌世，这梦想看来一世都实现不了，谢谢你。"

我被她这一凶，就尴尬地闭上了嘴。那时候我刚从西藏回来，一身疲惫，哭都没力气。她平静下来的时候，对我说："我知道，你是会越走越远的人，谁都拦不住你，也束缚不了你。我和你的不同就在于我期待安稳，我的梦想就是在长沙这座城市，和朋友们住同一个小区，每天早上去嗦碗粉，夏天喝杯绿豆沙，冬天喝杯热豆浆。白天悠闲地上班，晚上一起打麻将，周末要老公刷卡给我买 Prada 或者 Celine。只要他给我刷卡，我帮他生个孩子无所谓。我那天看到王小波的一段话，他说：'我不喜欢安分过什么日子，也不喜欢死生白赖的搅在一起，至于结婚不结婚之类的事情我都不爱去想。世俗所谓必不可少的东西，我是一件也不要的。'我看到这段话的时候想到的第一个人就是你。你爱的人留不住你，我们这些朋友留不住你，甚至你父母都留不住你。只要条件允许，你真的愿意永远在外面无牵无挂。你去西藏、四川雅安，我联系不上你的时候，真的恨不得从来没有认识你。"

Cici说完这些话后，电话那头传来遥远的男性声音："衣服洗好了。"

然后我们挂了电话，她要去晒衣服。

我想象着她去晒衣服的样子，突然觉得有点失落。女神是不应该晒衣服的，我总这么觉得。那个清秀干净的男孩是不该让她晒衣服的，我总这么觉得。

她是单亲家庭，在初中时候挂在嘴边的话就是："跟帅气的穷小子比，我会选择有钱的老男人。"当时我是个圣母，特别正义和义愤填膺，一脸惊恐地说："你怎么能这样！你跟我不是一路的！我们不要做朋友了！"

后来我才知道她父母离异，之后父亲又找了个年轻姑娘，生了个儿子，母亲一个人辛辛苦苦每天骑着自行车去上班。她们住在逼仄的房子里，每次我去她家，都觉得天花板低得蹦哒几下就能砸到头。夏天的时候，长沙热得连鸡蛋放在地上都能煎熟，我坐在爸爸的车上去

学校，看见她妈妈戴着遮阳帽一下一下踩着自行车往前骑。

那一刻我幼小的心灵不知道为什么堵得像长沙七点半的芙蓉路。我也终于想通了为什么她明明一副这么好看的皮囊，却从来没有仔细打扮自己，从来没有给自己的生日开过 party。

Cici 换男朋友的速度比各大奢侈品出新品的速度快多了，从初中开始到高二末尾，她每一段都快速而又直截了当。直到高三的开始，那个清秀干净的男孩为她割脉自杀，她才终于略有良心地安分下来，抛弃了所有备胎，踏实地和他谈一场正常的恋爱。

当时年轻的圣母的正义的我啊，在她身边碎碎念："这是个多么真心的人啊，你好好珍惜吧。你别作孽了！欠的都是要还的！"

那时候的义正言辞的我从来没想过他日后会伤害她。

有时候我们因为受伤害而崩溃，是因为伤害你的是那个你永远想不到的人。你一腔热情甚至生命接下去的真心都愿意交到他那里，他是你在这个漏洞百出的世界找到的愿意相信的人。但在某一天，他终究放弃了你。

风水轮流转，这一句话放在任何一段恋情中都是适当的。

他考到了北京，Cici 发挥失常只考上了长沙的学校，她坚定地选择了复读。他来北京之后很快有了新的女朋友，对她食之无味弃之可惜，一直没有向她坦白。

后来她考到北京，他脚踏两只船乐在其中毫不费力，直到平安夜那天晚上，Cici 带着给他织的围巾，去他学校想给他一个惊喜，走到他宿舍楼下，看到他和另一个女孩子在漫天风雪中相拥着接吻。

她从包里抽出几张毛主席塞到装围巾的纸袋里，走上去拍拍他，把袋子递给他，一字一句地说："大冬天这么冷，拿袋子里的钱开房滚床单去吧，算姐姐我请你的，不客气。"

她告诉我这件事情的时候，我为了奖励她的机智果敢，带她去故宫走了一天。回来之后我们冻成了傻 X，她说："你真牛啊，我的心也冻死了，我再也不会和他纠缠了。"

我以前劝 Cici，她既然一直就想留在长沙，不必为了他改变自己想要的方向。其实没说出口的话是，她妈妈那么辛苦，她没必要自私地为了爱情，让家庭承受这样的风险。

直到我陪她去医院的那天，我才知道他们并没有在故宫之行之后断了联系。她是隐秘的、羞耻的、躲藏的。她是他不愿舍弃的欲望，是他在寂寞时候唯一想要的陪伴，是他无穷无尽的年轻和欢愉。

"他为我死过一次，我算是还了，我们互不相欠，势均力敌。"

我听到 Cici 这样说的时候，恨不得买个锤子把她锤成血肉模糊的一摊屎状。

我抱着她，我说没什么好怕的，你毕业就回长沙，去过你想要的生活，你会好，过得比很多人好。

她靠在我肩上，很累很累的样子："我办好退学手续就回去了，这个地方我再也不想来。"

我不知道 Cici 怎样说服了她妈妈，但我知道留在这里只会让她日复一日地痛苦。

Cici 在微信里说的是："我从每一个细节里都发现他对那个丑姑娘有多么好，我以为我回长沙了会给他们的关系带去巨大的影响，结果发现我算是成全了他们，让他们日渐一日地默契甜蜜。"

"你高中时候说的没错，欠的都是要还的。"

"我和你不一样，我妈妈没几年就要退休了，我已经因为爱情任性过好几次了，我真的后悔了。你跟我说梦想之类的，我真的没有，我就希望我拿着差不多的工资，过差不多的生活。"

"趁着还有这样的年轻相貌，我会找一个有钱人，爱不爱什么的，我无所谓。"

"我真的好羡慕你啊，你能那么无畏地说美梦成真，我只能希望睡着的时候，梦见未来的时候，能不是噩梦就好。"

"我给你念一段话吧。他心里明白，自己并不爱她。同她结婚是因为喜欢她的高傲，她的严肃，她的力量，也因为自己的一点虚荣心。他们什么都聊了，一直聊到天亮，就是没有谈到爱情，以后也不会谈到它。"

我们人生的轨迹，不得不经历的故事，都是不由我们控制的。

为什么相同情况下，总是选择伤害你来顾全她。大概因为你更轻易、更纯粹、更忍耐。

事情如今的发展是不能责怪谁的，我们都是辜负者，也都是妥协者。

我有一个朋友，初恋的时候，她知道他跟别的姑娘接吻，浑身战栗着跑到厕所去吐了好久。爱了好几个人后，她知道他和别的姑娘上床，都不再有反应。

太过敏锐从来都不是一件值得骄傲的事情，它会让你承受更多的痛苦。比如，对方在你心知肚明的情况下做一些欲盖弥彰的事情，你明明知道，却还要自戳双目像看不到一样。其实 Cici 清楚，她的妈妈在她选择复读的时候，打了好多电话给我要我劝劝她。她也清楚，她

终究拦不下他和那个丑姑娘在北京的未来，也终究不能让女主角变成自己。

Cici，那天我重新看了《北京爱情故事》的第二十九集。我既不是那抹蚊子血，也不是那片明月光。我既没做成那粒饭粘子，也没做成那颗朱砂痣。那我是什么呢？大概是夏天的烤火炉，冬天的电风扇，死在火里的飞蛾，光亮房间里点燃的蜡烛，或者湖南米粉里放的白砂糖。

我哭得上气不接下气，我觉得下一秒我就会从七楼一跃而下，然后我们寝室姑娘都能保研了，她们一定会永远怀念我，我也算是死得光荣。

但是看完后我洗把脸上床睡觉，第二天肿着眼睛精神抖擞去上专业课。

你和我的不同就在于，如果你真的伤心了，你会撇下一切回到你觉得安全的地方。其实这样看来，你比我更自由。

这世界上没有能够给我长久安全感的事情或者人或者地方，我只想走更多的路，好好看看这个世界。

愿你是永远的彼得·潘，愿我是永远的小王子。

Chapter 11

有一些感情　你不会了解

姬霄

（一）

大成是我见过最不会拒绝别人的人。

我认识他的时候他手里还有一家书店。那时我刚毕业，没事就去他那儿蹭书，但无论待多久，他都不会介意，甚至没看完的书问他借，只要保证不弄脏，他都一概同意。

时间久了，我渐渐知道他其实不是书店的老板。

书店是个女人开的，每逢周末她都会来书店找大成。她开着一辆白色的奔驰车，穿着打扮很阔气。

一开始我以为她是大成的女人，后来有次她带着小孩来，叫大成哥哥，我才知道她已经结婚了。大成只是她的情人。

大成年纪不大，虽然蓄胡须，但撑死过不了三十。

他的长相是这家书店最值得称道的招牌，轮廓分明，目光如电，谈吐间凭空自带着书卷气，引得许多学院派的年轻女孩慕名而来。

她们的要求千奇百怪，有想合影的，有索要拥抱的，还有打书店里那些小玩意儿主意的，甚至有想让大成假装叔叔参加家长会的……面对这些要求，大成也从不拒绝。

不懂拒绝的人有很多，因为囚于人情，碍于脸面，但前提是对方的要求没有触及你的底线。问你借八百、一千不好意思拒绝，但问你借房子抵押试试，铁定一千八百个没门儿。

至于大成的底线，我至今没摸到过。

有次一位顾客赖在书店蹭书到打烊还不肯走（不是我），大成困得不行，就跟他打完招呼，然后自己上楼睡觉去了。

谁知半夜他忽然被人推醒，说楼下太冷，问他有没有被子。大成迷迷糊糊地说没有，结果对方竟然扯过被子另一头睡了下去。

第二天醒来，大成才知道，那位顾客是外地人，钱包被偷无处可去，于是跑到书店借宿，临走还问大成借钱说江湖救急。

现代社会这种鬼话也有人信，但那就是大成。

除了那个女人之外，大成的感情生活一片空白。

有次我忍不住好奇心问他：明明身边有大把资源，为什么会选择她。

且不说她已经结婚，从年龄、相貌、才情上，这俩人都难以相提并论。如果只是因为钱，那也太没种了。

大成听完我的话笑了："不是我选她，是她来找我，面对面告白那种，我实在不知道怎么拒绝，就答应了。"

我惊讶得舌头都打结了："你？你怎么可能没姑娘跟你表白？"

他说："有啊，但都是写张字条夹在书款里，或者画在书店的签到册上，只要不动声色，很容易就躲过去了。只有她约了我，郑重说到想要在一起的事。"

"所以你都不考虑对方是啥情况就答应了？"我三观彻底被颠覆，激动地喊出来。

大成摇摇头："一开始也觉得不自在，想反悔，但后来发现，她其实就想找个安慰，迄今为止她也没要求我做过什么啊？"

我说："你是说她每周看你，就只是看你？"

他狐疑地看着我："不然咧？"

我呆了。

这世上成天有人把生活当做选择题，前进后退左右为难，殊不知也有人甘当被选项，不主动，不索取，可单选，可多选。

有时我们也会聊聊爱情，大成说他有喜欢的女孩，他俩在网上认识的，但她不肯告诉他自己在哪儿，只说在未来会来找他。

对此我不以为然，这种人恐怕不是长得丑就是性格阴暗，否则怎么会不敢见面，说不定她就是那群经常来书店"观光"的女学生之一。

大成也不反驳，说我答应了她，就会一直等下去，就算没结果，也不会因为当初没有等待而后悔啊。还拿金庸的小说举例，说如果杨过没熬过那十六年，怎么可能和小龙女重逢。

我说你看武侠小说看傻了吧，杨过要是从没见过小龙女，说不定早就跟郭芙结婚了，十六年孩子都该上高中了。

不久后我找到了工作，步入忙碌之中，去书店的次数越来越少。

有天大成给我打电话，问我要不要搬点书回去，不要钱。

一问才知道，他的书店要关门了。

我赶过去，他已经把书店盘给了一家开饭馆的河南人，书店里的几千本书装箱卖给了一个旧书贩。见到我,他指了指角落的纸箱说:"我给你留了一箱。"

那天我算是知道书中自有黄金屋，高峰期打不到车，两个大男人搬一箱只有几十册的书，累得像狗一样。

饭桌上我问清楚了怎么回事。

原来女人的丈夫得知她有外遇，一直跟踪她到书店，本想着捉奸成双，结果冲进来却发现俩人相敬如宾，正喝茶聊天。

女人说大成是书店雇的店长，男人自然不信，但又找不到证据，恼羞成怒之下责令将书店关掉，顺带解雇了大成。

我问他："接下来打算怎么办？"

大成喝了挺多酒，从口袋里掏出一张印着都江堰的明信片，口齿不利索地说：“乔，乔乔肯见我了。”

（二）

大成就这样走了，一去就是好几年。

那段时间我也陷入了热恋，每天为爱情的小事喜怒无常，根本无暇顾及其他。偶尔空闲时，我会想起大成，不知道他现在身在何处，有没有寻找到那个叫乔乔的女孩，还是又在哪个小城市开了一家新的书店。

直到几年后的一个清晨，一觉醒来铺天盖地都是汶川地震的消息，我忽然惊觉大成去的是都江堰，离震中只有一百多公里。

电视新闻里，那些伤亡人数惊心动魄，令人不由自主地害怕。

那几天我疯狂地在网上发帖找他，还在他曾经的博客里留下了我新的手机号码，让他看到就一定打给我。

一颗心悬了整整一个礼拜后，我终于接到了他打来的电话。当电话那边传来大成熟悉的声音时，我感到莫名的激动。

我说傻瓜你还活着！这些年你去哪里了！

他的语气一如既往，不急不躁，说他在彭县，离汶川有段距离，很安全。

我问他："你找到乔乔了？"

他说："嗯。"

我说："儿子恐怕都生下了吧？"

他没回答我，只是笑。

我说："看来你是已经决定定居在那里了。"

他说："没有，明年，明年我一定回北京。"

再后来，有一次我看到他上传了一张结婚证的照片，我以为他就这样在那个遥远的小城市结婚了。这应该就是一个浪子的归宿了吧，我想，大成说的回北京，也许只是携家带口的一次观光游。

没想到的是第二年夏天，大成真的回来了。

更令我和我的小伙伴惊呆的是，跟他站在一起的还有一个看上去不到二十岁的女孩，她竟然就是大成这些年口口声声提及的乔乔。

慢慢地，我开始从大成口中拼凑出他这些年的故事。

当年大成单枪匹马坐火车杀到都江堰，本打算演一场浪漫的久别重逢，结果到了那儿他才惊讶地发现，接站的竟然是一个十四五岁的小女孩，她就是乔乔。

在火车上，大成也不是没想过"暗黑版"的相逢，可那些见光死、诈骗集团等幻想在此时此刻统统拜倒在眼前稚嫩的女孩脚下。

用他的话说，当时只觉得浑身发凉，怎么都没办法迈出脚步，并在很长一段时间内一想到自己曾没日没夜地跟一个小孩子示爱，就觉得自己禽兽不如，再也不会爱了。

乔乔的家庭条件不好，父亲患病卧床不起，母亲靠微薄的薪水养活这三口之家。对于大成的到来，他们并没有表现出过多的意外，原来乔乔早就对父母坦诚相见过。

就这样，大成莫名其妙成了这三口之家的"第四人"。

乔乔的妈妈在化妆品柜台工作，没时间接送乔乔上下学，这任务就落到了大成身上。每天送完乔乔，他就在学校附近的书店蹭书，上下课的铃声响过八次，乔乔就会出现在书店，跟他一起回家。

有时候他也会想，自己为什么要在这种地方虚耗光阴，没有爱，没有梦，甚至没有一丝希望，只是按部就班地活着，简直跟牲口毫无分别。

但一想到要抛下乔乔，他又觉得于心不忍。

后来乔乔的父亲去世了，大成帮他们筹备葬礼，发讣告，守灵，再到最后出殡下葬。这时候的他已经完全没有离开的想法，他在当地找了一份卖手机的工作，开始漫长的陪读岁月。

一陪就是五年，从初中到高中，好在乔乔的成绩一直出众。直到今年，她以全县第一的成绩考上了北京一所重点大学，他就跟着过来继续陪读。

听完这个故事，我的心情久久不能平息，不是为大成，而是为眼前的姑娘，肤白、貌美、水灵、纯净、整个一"惊为天人"，这傻子完全是现代版的"光源氏计划"好不好！

（三）

大成在北京安顿下来，我陪着他带乔乔去学校办手续、交学费、搬行李、选宿舍，看着他满头大汗地告诫乔乔十个必须九个不准时的神情，我忍不住觉得有些好笑，就好像他是个唠叨的父亲，而乔乔是他调皮的女儿一样。

　　然而他们的生活并不像所有人幻想的那些——大叔和萝莉幸福地生活在一起。

　　乔乔的性格与她的长相南辕北辙，或许从小背负了太多家庭的希望，她的个性特别要强，读书时考试回回都要争第一，拿着县里发的奖学金来北京。生活中她也不例外，绝不肯轻易向人低头，唯一能让她俯首称臣的只有大成。

　　或许在旁人眼中，大成还是那个不懂拒绝的大男孩，但在乔乔面前，他顿时会变作另一个人，眼神、语气、动作都有板有眼，两眼一瞪不怒自威，说起大人的道理更是头头是道，杀得乔乔瞬间溃不成军。

　　当然，这样的结果也不是必然的。

　　据我的统计，他们之间的战绩胜负各半，这点数据也不能说明谁面子更大。

　　只能意味着，他们经常吵架。

　　一开始是在我家吵，在电话里吵，后来在学校吵，在大街上吵。

　　每次吵架时，大成的脸都是歪的，被乔乔给气的。但每次吵完，大成又会贱了吧唧地追过去给乔乔道歉。

有次乔乔看中一件大衣，大成觉得贵没买，俩人在商场大吵一架。大成气得跑出半条街，我追过去，只见他在街头摸着胸口自言自语："嗨，跟孩子置什么气呢？"说完，他又转身往回走。

我忽然意识到，相处了这么多年，大成已经把乔乔当做了女儿般的存在。

乔乔开学后，大成也找到了新工作，每个月发了薪水，甭管自己过得跟什么似的，他都会第一时间给乔乔打生活费。到了周末，他就坐地铁去学校把乔乔接回家，顺便带回一大堆换洗的衣服。说是小别能胜新婚，但两人凑到一起还是各种吵。

一来二去总是伤心，渐渐地，乔乔回来的次数越来越少了。

有一天大成去学校看完乔乔，回到家倒头就睡。我当他太累了就没在意，自个儿听歌。

过了一会儿，他忽然从房间冲出来跟我说："哥，你能不能别一直放情歌。"

我一看，他已经哭得不成人形。

他们分手了，是乔乔提出来的，甚至没有给大成拒绝的机会。

我没问原因,因为并不需要原因。

这城市每天有成千上万对情侣分手,长的要几十年,短的只需一夜,当他们或者难过或者开心地走在街上时,原因并不是最重要的,结果才是。

分手后,大成每个月依然会第一时间给乔乔打生活费,仿佛乔乔真的是他的女儿。而对于那些钱,乔乔照收不误,周末还会发短信告诉大成自己的近况,仿佛大成真的是她的父亲。

这对于旁人而言显得不可理喻,然而我知道,他们如同唇和齿,皮和毛,形式上的分手远远不能将这层关系剥离殆尽了。

乔乔有了新恋情,男方家境富裕,看她的微博,演唱会、话剧、画展、旅行样样不落。大成仿佛也习惯了默默在背后观察着乔乔的生活,不评论,不点赞。只有每次给乔乔打生活费的时候,他才会喃喃自语地骂:"这婊子,越来越会花钱了;这婊子,看电影比我还勤;这婊子,有男朋友了也不说一声。"

作为旁观者,我没办法说清楚他们之间的感情,是爱情,是亲情,或者只是多年生活造就的一种惯性。

（四）

离开乔乔之后，大成的心恢复到曾经的波澜不惊，早起早睡，朝七晚五。

但心境和现实不同，依然有许多小女生对他暗送秋波，甚至我的女同事也跑来问我要大成的电话号码。

有次公司聚餐，我经不起她们的撺掇，死拉硬拽带了大成去。

席间有个女孩对大成尤其殷勤，添茶、夹菜无不抢先，加上众人的起哄，搞得大成面红耳赤。

最后在大家撺掇下，女孩鼓起勇气说："大成，请做我的男朋友吧。"

全场安静下来，大成愣住了，停顿了很久。

就在我以为他又要像从前那样因为不好意思拒绝而答应对方时，他忽然很有礼貌地说："我有女朋友了，对不起。"

说完他竟然还向女孩鞠了一躬，妈蛋，简直太专业了。

那天大成喝了很多很多酒，喝到最后桌底下的酒瓶已经摆满，连脚都没地方搁了，整个饭店里只剩下我们俩。

我说："要不别喝了。"

他说："对不起，我有女朋友了。"

我说："你醉了。"

他重复："我有女朋友了。"

我说："是是是，你有女朋友，咱先回家吧。"

他说："我有个蛋的女朋友，我女朋友跟狗跑了。"

我说："对对，多骂两声就好了。"

他木然地望着我，半晌，他才幽幽地说："其实我应该明白，这么多个日夜的分离，我们早已是换了人间，不在一个国了。我看着她的表情，旁观她的生活，不知不觉间，已经站到了她交际圈的最边缘。记得第一次见到她的时候，她还那么小，小到让人想逃，我鼓足勇气，把所有的爱变成养料，摸索着学会如何对她负责，但事到如今，仿佛时光倒转，却始终是学不会如何像男朋友那般爱一个人了。"

我愣住了，那一瞬间，大成变得苍老了许多。

最后，他扯起嗓子对着天空大喊："韩成，你这个大呆熊！"

喊完这几个字，他忽然像武侠片里那样，仰天喷出一大口血来，然后昏死了过去。

我傻眼了，赶紧掏出手机打120，连背带扛地把他送进医院。值班的大夫一看，说是胃穿孔没跑儿，需要立即进行急诊手术。

在手术室门外等待的间隙，我想了想，又打电话给乔乔。

乔乔听我说完半天都不说话，我急了，对着手机大吼："大成都快挂了，你要有良心赶紧给老子来医院！"

乔乔说："现在已经没地铁了。"

我说："打的！"

乔乔又说："我不认识路。"

我说："301医院。算了，你上车打给我，我跟司机说。"

最后乔乔说："宿舍大门锁了。"

我气得想揍人："陈乔乔你少装，不想来就直说。我就没见过你这号货，要钱时把人当爹看，人躺进了手术室就他妈给我装路人，大成喝挂之前说得太对了，他就是个大呆熊！不然怎么能喜欢上你这个白眼狼！"

我骂尽了这辈子学会的所有脏话，乔乔在电话那头一声不吭，静得连呼吸声都听不见，过了几秒，挂了。

微博上说的一点没错，前任都他妈是极品！

（五）

大成做完手术已经是凌晨两点，窗外万物俱籁，整个城市沉浸在睡梦当中。

我正靠在椅子上打盹，忽然听到门外一声轻响。

我打开门，是乔乔。

没等我开口，她就直奔大成而去："不是做完手术了吗？怎么还昏迷着？"

我说："可能喝太多了，过会儿就差不多了。"

她浑身是汗，睡裙上沾满了泥土，胳膊上还有新伤，显然经历了不少困难才到这儿。看着她，我忽然觉得很愧疚，原来她还是很在乎大成的。

我小声道歉："刚才电话里……对不起。"

乔乔没接话，一直盯着大成的脸，过了一会儿，她说："我知道你怎么看我，我欠大成太多了，但你想听我说的故事吗？"

有故事听我自然不会放过，连忙点点头。

乔乔抚弄着大成的头发，轻声细语，开始了漫长的叙述：

"我十二岁就喜欢上了大成，但那时我太小了，所以跟他说未来一定会去找他，做他的女朋友。等了三年，结果还是没忍住，大成说要看我，我鬼使神差立刻答应了他，兴奋了三天才开始后悔，你不知道，当时我有多怕他一见面就把我当小孩子。直到大成答应在我家住下来，我才终于松了一口气。"

我静静听着，想象着乔乔那时的模样，不自觉地微笑起来。

乔乔接着说："再后来，我爸去世了。入葬那天大成握着我的手说，以后你想爸爸的时候，就把我当作你的爸爸吧。那天，我哭成了傻瓜。

"也就是从那一刻起，大成真的开始像爸爸一样照顾我，衣食起居事无巨细，比我妈还细心。我知道他想回北京，于是在学习上尤其努力，最后终于考到了北京。

"到了这座城市，我才发现感情并没有那么简单。我们在一起生活了六年，从我的 15 岁到 21 岁，我每一刻的改变都被大成看在眼里，在他面前我永远是个无理取闹的孩子。这份感情里，平衡早已经被破坏，他扮演的早已不再是我的爱人，而是我的爸爸。

"人就是有贱根吧，就像每次争吵到最后，他都会像长辈一样宽恕我，别的女孩大概巴不得，但每次我都会有深深的亏欠感，我始终欠着他，这种感受在我的心里越积越重，拖得越久，我越没办法坦然面对他。

"你大概不会想象到明明是情侣，却可以严令禁止对方喝酒、熬夜、吃个街边摊、玩次冒险游戏吧，但这就是大成，明明是我的男朋友，却一定要像父亲一样管教我。其实我多想跟他说，我已经长得足够大了，我不想你做我的爸爸啊。你能不能像最普通的男朋友那样，跟我一起受伤，一起大吵，一起无知地快乐着啊？"

乔乔说到这里已经满脸都是泪水，我望着她微微颤抖的身躯，不知该说什么。

过了会儿，她终于平静下来，拿出一个厚厚的信封递给我：这个你帮我交给他吧，以后，我也不会再欠他的了。

我打开信封，里面装着厚厚的一沓钱，大概有几万块。

我惊讶道："你都没有工作,这些钱是哪来的? 你那个男朋友的? "

乔乔笑了： "狗屁男朋友，那只是我同学，我求他帮忙做挡箭牌而已。这两年，我一边偷偷做兼职，一边拿全勤奖学金，为了不让大成扰心，他打给我的生活费，我全都照收不误。二十八个月，三万两千块，全在这儿了。"

我说： "你为什么不等他醒来亲手交给他? "

她摇摇头，望着病床上兀自呢喃的大成说： "有一些感情你不会了解，但下次见面的时候，我想，我们可以象平常人那样喝杯酒，聊聊天了。"

我顺着她的目光望去，灯光下，大成睡得很香，也许在做一个美丽的梦。等到天亮，我会让他把梦做交换，给他讲一个关于爱情和亲情的故事。

Chapter 12

没人在意的爱情

陈亚豪

我在想，这个世界上还有多少像他们一样的情侣，有多少像他们一样没人在意的爱情。他们什么都没有，在这个浮躁虚荣的时代，他们是最有权力不相信爱情的人，可他们依然爱得那么简单，爱得那么幸福。

那天在地铁里，坐在我对面的一对情侣给我留下了很深的印象，那是一幅很温暖的画面。

男孩穿着一件墨绿色的 T 恤，黝黑的肤色几乎和 T 恤融为一体，我感觉他有阵子没洗澡了，不短不长的头发，乌黑而油亮，下边穿着一条布满油渍的绿布裤，脚上是一双已经开胶的帆布鞋。男孩身材不高但很健硕，加上肤色，一看就是常年在外面的打工仔，岁数和我差不多，可能很早就辍学了，他低着头，在拥挤的地铁里有些羞涩。女

119

孩站在他身边，只有一个座位，倔强地让他坐下。女孩扎着一个马尾，头发有些毛躁但很干净，脸上没有化一点妆，她也许是没有钱去买最低廉的化妆品，但她的皮肤很白净，长得也很清秀，只是右脸上有块不大不小的胎记。她上身穿着一件很像中学校服的白短袖，应该是以前上学时穿的衣服，下面是一条土色的麻布裤，脚上是一双很干净但早已过时的旅游鞋。

这时男孩旁边的大叔起身下车，男孩以迅雷不及掩耳的速度把手上的麻袋放在了旁边的座位上，小声地叫着女孩的名字，他表现得很开心，还有些小得意，可又很怕旁边的人也发现了这个座位。女孩坐下了，两个人相视一笑，两双眼睛好像也在笑，简单的笑容里是不加掩饰的幸福。男孩偷偷地亲了下女孩右脸的胎记，女孩轻轻地打了男孩一下，笑得还是那么开心，也许男孩从没在意过那块胎记。这时他们俩好像发现了对面的我一直在看他们，神情有些不自然，我有些小小的愧疚，我怕他们误以为我瞧不起他们，他们的表情里写着自卑，我赶紧低下了头，看着手机，用余光继续观察着他们，不想打扰他们简单的幸福。男孩把手机掏了出来，国产大直板，然后拿出耳机，和女孩一人一只，两个人就是这样听着歌，幸福的笑容再次浮现，过了两站，他们起身准备下车，男孩背上两个绳皮袋子，左手拎着个大包，用仅剩的右手紧紧握住女孩的左手，准备下车。

下车前，我听到女孩突然对男孩说了句，"再打半年工，咱们就回老家结婚吧。"男孩肯定地点了点头，右手握得更紧了。

一路上我一直在想，他们也许是来自一个遥远的小山村，由于家庭贫苦，很早就辍学开始出来一起打工，也许他们还在小山村里时就已经相爱相伴了。他们没有 iPhone，没有耐克、阿迪达斯，没有 LV、Gucci，没有任何可以说上名字的牌子。他们可能从不过平安夜、圣诞节、情人节，也许他们都不记着自己的纪念日，他们之间没有我们认为谈恋爱需要的最起码的浪漫。因为面对生活的压力，他们是没有多余的金钱和精力来享受这些浪漫的。他们应该也不用社交网站、不刷微博，他们更不会知道偶尔在网上晒个幸福，秀个甜蜜。他们之间的爱情是普通而贫苦的爱情，他们也许从未有过真正意义上的约会，也不可能经常出去吃点美食逛个街，买两件情侣服，来个两人旅行。

对他们来说，也许像我们一样无忧无虑地在校园里牵着手晒着太阳都是一种奢侈的浪漫，对于他们，一起找到一份工作，一起打工挣钱，一起吃一顿有肉、有菜、有汤的晚餐也许就是莫大的甜蜜。他们也应该没有什么朋友，因为连衣、食、住、行都解决不了的他们不会再有时间培养友谊，小时上学的同学由于多年出来打工也应该早已失去了联系，每天在陌生的城市里为了能吃顿饱饭能有个干净的地方睡觉而四处奔波。这个世界上不会有多少人在意他们的爱情，也很少有人会想起祝福他们的爱情。

但他们爱得却那么幸福，让我一个只看了他们半个小时的陌生人，心里都泛起了一丝温暖。

这个时代的我们，好像给爱情夹杂了很多的附加条件和附庸品。

我们要互相赠送礼物，买情侣戒指，我们要给对方准备浪漫的情人节礼物，我们要花大把的精力和金钱悄悄给爱人准备足够 surprise 的生日礼物，我们要每天说很多甜言蜜语，我们要每晚发很多海誓山盟的短信。我们要一起去旅行，一起拍甜蜜的照片，我们要偶尔在网上秀个幸福，我们要得到很多朋友的祝福。

好像只有这样，我们才会觉得自己在恋爱。只有这样我们才能感受到爱情的幸福，只有这样我们才会相信也许我和他可以一起走到最后。可是结果呢，爱情本就是那么简单的一件两个人的小事，我们却要让它轰轰烈烈，足够绚丽。太过华丽的外衣下，太多附庸品的夹杂下，爱情的本质变得越来越模糊，走到最后，也变得越来越难。

我们祝福才子和佳人的相爱，关注那些高富帅和白富美的绚丽爱情，可正如我们往往看到的，身边那么多外衣华丽的爱情无疾而终，那么多曾经般配相爱的两个人因为各种狗血缘由分离相恨。受着他们和这个时代的影响，我们开始怀疑爱情，认定爱情的道路上有太多坎坷，太多敌人，不信任彼此，不相信爱情，觉得能够走到最后的爱情好像只存在于别人的故事里，索性也玩弄感情，可最后伤到的还是自己。

可是地铁上的他们，什么都没有，却是真的在恋爱，而且爱得很幸福，爱得比我们很多人都要简单、幸福。

有人认为要先有足够的经济基础，才会有能力维护好爱情。有人觉得自己不够帅，不够漂亮，不相信自己可以拥有一份美好的爱情。

有人说即便拥有了爱情，还有防不胜防的暧昧、小三，还有那么多条件远远优于自己的竞争者。长大后的我们还要考虑对方的家庭背景，现实物质条件，未来潜力指数，我们把爱情的前提和过程想得越来越复杂，而结局也越来越模糊。

只是，我们看到了那么多让人遗憾的爱情，每天说着再也不相信爱情的时候，却忽略了那些没人在意却简单美好的爱情。

我在想，这个世界上还有多少像他们一样的情侣，有多少像他们一样没人在意的爱情。他们什么都没有，在这个浮躁虚荣的时代，他们是最有权力不相信爱情的人，可他们依然爱得那么简单，爱得那么幸福。

想起一些小时候的同学，那些在一些人已经开始谈情说爱，每晚却默默与小说和游戏相伴的大众晚熟同学，现在他们都悄无声息地恋爱了。有些人甚至比同龄人晚了将近十年才恋爱，很多还是初恋。他们默默地成长，默默地恋爱，不算出众的他们在恋爱中得到的关注很少，得到的祝福也很少，只是突然在某一天得知一个消息，×××订婚了。一个电话打过去，"你小子什么时候谈的恋爱？也不说一声！""嘿嘿，好几年了都。"

他们的爱情就是那么简单，因为简单，得不到太多人的在意，又因为简单，所以足够美好。

为何那么多曾让人羡慕的爱情最后无疾而终。

而那些从来就没人在意的爱情，却可以如此简单地相爱，开花结果。

其实，一只愿意握紧你的手，一颗把你放进生命里的心，便够了。

错，也许就错在我们这些貌似很懂爱情的人，看似更有资本获得爱情的人，拥有的太多，却要得更多。

相信着彼此，陪伴着彼此。

未来，是可以靠两个人努力出来的。就像地铁里的他们，就是这样简单，每每想到这些没人在意的爱情，心里都会不禁问自己一句，爱情真的有那么难吗？

Chapter 13

成长的道路

陈亚豪

　　最好的友情，不是陪伴。而是你有足够的能力在他们需要你的时候给他们最大的帮助和支持。

　　一个很好的哥们儿 D，大一大二时每天过着日夜颠倒的生活，他早上一睁眼就开始和宿舍的人在一起玩游戏，不上课、不参加任何学校活动，没有追求也不知梦想，只是一味地享受挥霍青春的乐趣。人就是这样，当身边的人都在享受堕落时，你就会得到一种奇妙的堕落安慰心理。可 D 其实早就和我倾诉过他感觉到了这种生活的空虚，只是一直无法抽身而出。人都害怕寂寞，害怕没有归属感，即便鼓起勇气，想踏出人群走出一条自己的路时，旁人的一句"你怎么这么不合群"便斗志全无，只好继续妥协麻痹自己。

　　到了大三，D 面对自己前两年苍白空洞的人生陷入了无尽的悔恨中。从此毅然决然地每天六点起床去图书馆奋斗，不再参与之前的任何娱乐活动。起初身边的那些朋友都在开他的玩笑，觉得他就是两天新鲜，没想到他一直坚持了一个学期。可接踵而至的便是那些朋友开始疏远他，与他拉开距离，并且在背后讨论"他变了，他现在很不合群"的话题，他再次陷入了迷茫中。他只是在为自己的未来奋斗，只是努力想要获得一个丰满的人生，可没想到却受到朋友的孤立。他开始犹豫不决，一颗心摇摆不定，想要努力奋斗可又不想失去朋友，这些迷茫动摇了他的决心，再一次影响了他前进的速度。

听过一个学长的故事，这个学长曾在国内一流大学上学，特立独行。大二时他发现了一个商机，扔下所有课程开始一个人在社会上积攒人脉、寻找合作者，一年后赚入一笔资金，敏锐的眼光和过人的魄力让他获得了同龄人羡慕嫉妒恨的成功。木秀于林，风必摧之，他开始受到一些朋友的排挤，并且到处散布他不好的谣言，老师和同学都认为他不务正业分不清轻重。他最后无法忍受这样的生活，即便获得再大的成就，回到校园里得到的不是认可而是鄙夷和否定，他没有顶住压力，退出了生意回到了校园，重新开始了和其他同学一样每日上着对自己其实根本没有意义的课程，偶尔和朋友一起挥霍下青春的校园生活，眼看着自己一步步从优秀回到平庸。

在现实中就是这样，唯有中庸才能获得一个较为平衡的生活，可是成功和才华从来不会眷顾中庸之人，是一辈子碌碌无为活在人群之中，还是忍住孤独顶住质疑走出一条自己想要的人生，你要自己做出选择。

　　你以为你不扫朋友的兴，努力和大家打成一片，可其实这是荒废自己的年华浪费自己的青春。现实是当毕业多年后曾经的同学再相聚到一起，有人考上研究生，有人进了知名企业，有人创业成功，有人每月拿着稀薄的工资混日子，有人过着得过且过的生活，有人至今还未确定未来的道路，有人在不停地抱怨生活的不公，有人在豪情地讲述着自己人生的精彩。

　　你要做哪一个？

　　人生最痛苦的就是后悔当年不曾为了梦想而勇敢地闯荡，最遗憾的便是不曾为了未来注满热血，放手一搏。最需要的就是一个人过一段沉默而执拗日子，沉浸在自己孤独而充满力量的奋斗和努力中。

　　大学前两年时，自己总是真心对待每一个朋友，在意每一个人的感受，一边努力加快成长的脚步，一边又怕因为自己只顾着向前奔跑忽略了他们。很多时候明明自己已经累得精疲力尽但还是对每个朋友有求必应，明明自己心里憋着很多苦衷无处诉说，还是去尽力安慰每一个前来倾诉的人，只是不想让他们感到被冷落，彼此产生距离。总是努力维护好每一个朋友，尽力珍惜住每段友谊，可自己却活得越来越累，身心疲惫。

　　看过一篇有关心理学的文章，文章里说如果一个人过于在意朋友的感受，对任何人都有求必应慷慨相助，哪怕自己受苦受累受伤害也不会对别人说"不"，这种对他人太过无私的性格其实是一种病态。

而这种无私和善良的迎合态度最后伤到的是自己。

在意每一个朋友的感受，注定自己不好受。总是无私的背后通常是内心的痛苦、空虚、矛盾、强烈的迷茫和焦虑，当给予与迎合成为活着的理由时，那人就不再是人了。

过分取悦他人是一种泛滥的善良，更要付出最后由自己一人来承担的高昂代价。而如果一个人太过顺从，不能为自己挺身而出，没有自己的声音，那最后只会受人欺负。

如果一个人总是处于一个逆来顺受和付出的角色，有一天只是因为自己的疲惫实在无法承受而拒绝一次，那么这个人就会一下在别人眼中变成了自私冷漠之人，别人更会指责他"你变了，现在的你怎么成了这样"，这就是人类的惯性思维。电影中那些作恶多端、冷血自私之人在最后做了一件帮助他人的事情或奉献一次自己时，大家便会被深深感动，不禁感叹"原来他是个好人，原来我们都误解他了。"

当大家心中的老好人太苦太累，最残酷的是他会渐渐被大家忽略自己的感受，他逐渐在别人眼中成了一个没有烦恼和痛苦的无敌金刚，而心里的苦衷只能自己往肚里咽。

总是顾及每一个人的感受，就会逐渐活在对拒绝和失去的恐惧中。时常自我责备却又无力抉择，并且对周围的人患得患失，对人际关系缺少安全感，害怕有一天被孤立，充满自卑和无力感，逐渐失去自我。

这些人明明是你的朋友，可你却因为他们在成长的道路上受到了牵绊和束缚。

朋友，是自己选的亲人。真正的朋友无论在你落魄还是荣耀时都会一如既往地支持你，无论你做出怎样的抉择都会鼓励你相信你，你一句话不说他也会明白你心中的苦闷与快乐。你的苦衷在他面前从来不需诉说，他会在你看不到的地方悄悄帮助你，默默支持你。无论曾经的你是什么样，未来的你是什么样，在他眼里你从来都还是那个最简单的你。

而那些只会在你身上一味索取的人，总是要求你如何如何的人，远远称不上朋友二字。真正爱你的人，会用你所需要的方式去爱你。不爱你的人，只会用他所需要的方式去爱你。

那些总是说"你变了"的人，只是因为你没有再按照他们所给你设定的轨迹生活而已。真正的朋友永远是无论嘴上如何骂你，可在心里始终包容你的缺点理解你的苦衷，希望你过得好的那个人。不需要每日的酒肉陪伴，不需要那么多的问候和寒暄，需要他时，一个电话，就会走到你面前陪你披荆斩棘。记住那些一直陪伴着你懂你的人，忘记那些说你变了远离你的人。

成长的道路上不要让"朋友"牵绊了脚步，而那些牵绊你的人也算不上真正的朋友，不要也罢。

只有你变得足够强大，才可以保护好你爱的人。这个社会太多险恶和残酷，不走出温暖的校园是不会感受到的。爱一个人不是每日的甜言蜜语和酒肉陪伴，而是自己的发愤图强。你是想多年后看到他们受到伤害时只能坐在她身边陪她流泪，还是想要自己有足够的能力给他们欢笑和保护？

最好的友情，不是陪伴。而是你有足够的能力在他们需要你的时候给他们最大的帮助和支持。

只有懦弱的人才离不开群居的生活，而活在人群之中只会逐渐被同化，磨灭你的斗志，扰乱你的思想，放慢你的脚步，打碎你的梦想。

一个人的成就、坚强、睿智、冷静、气度，都是和他所忍受过的孤独成正比的。岁月会强有力地证实这句话。

我们之所以会感到困惑和痛苦，之所以会如此在意身边的朋友，根源都是我们的善良，自私自利之人是永远不会有这些共鸣的，但是如果因为善良而伤害自己，连自己都不懂得爱护那又何为善良。

要回应别人的需求，要尽力去帮助周围的人，但前提是不能为此违背自身意愿。人要学会爱别人，但首先要学会爱自己。

你所有的焦虑，对自己所有的不满意和迷茫，都是因为你和梦想的距离越来越远，和理想中的自己差得越来越多，能改变这一切的只有你自己，谁也帮不了你。你要清楚，成长的路上注定是孤独的，变强的路上注定是沉默的。成长容不得你的等待，更没时间让你踌躇。

去努力为自己的未来向前奔跑吧，人生就是这样一条充满残酷和矛盾的旅途，我们谁也无法逃避。那些真正爱的人终会理解你，而那些不爱你的人也自会在这条旅途上被甩下，不用回头也不用叹息，就当是一个自然筛选的过程。人生知己二三便足矣，在意的人太多反而会丢了那些真正爱你的人，还会丢了自己。

Chapter 14
天使

里则林

姐姐本就是一个值得尊敬的人，而自己想着如何像你一样成为一个值得尊敬的人，并没觉得有什么好可耻的。

（一）

我人生中第一次打架发生在幼儿园，那年我还是小班，在幼儿园的小广场看见读着大班的一个女孩被一个胖子推倒了。

我立马像条小猎犬一样从队列中蹿了出去，双眼通红地又喊又叫，愤怒地用双手砸在小胖子身上，却觉得自己手好痛，然后"哇"的一声就哭了。

小胖子全程惊愕，被吓呆了。直到发现他自己的手正被我抱着用

嘴啃，才猛地抽离出来，往远处跑去。

我气喘吁吁地坐在原地，觉得爽爆了。

那个被推倒的女孩是我的姐姐，她和我同月同日生，但是早了我两年。

小时候姐姐很聪明，相比之下我像个弱智儿童，比如姐姐在街上看见什么好吃的好玩的，不会直接叫爸爸妈妈买，而是跑到我跟前对我说："弟弟，那个东西很好，但是爸爸妈妈不会买给我们的，所以你千万别叫爸爸妈妈买哦！"

我听完整颗幼小的心灵碎成了渣，东西很好，但是不会买给我们？然后在甚至还没搞清楚到底是什么东西的情况下，直接往地上一坐，放声大哭。

妈妈会马上跑来焦虑地问："怎么了？"

"那个东西很好，我要！"

"哪个东西？"

于是我就蒙了，马上看向姐姐，姐姐用眼神给我指引了一个方向，我顺手就是一指，过不了多久，东西就会到手，并且是姐姐的手。

姐姐说她还很小的时候，看见更小的我躺在婴儿床上，妈妈总是焦头烂额地来照顾我，那时她就很讨厌我，觉得我把她的妈妈抢走了，所以当我还是一个小宝宝的时候，姐姐从来不照顾我，也不抱我。没事就喜欢戏耍我，让我哭着要东西也是她戏耍我的把戏之一。

　　后来上幼儿园，姐姐总是故意加快步伐走在前面，我在后面得吃力地一路小跑才能跟上。有一天姐姐转过来让我别老跟着她，我无助地站在原地，很委屈地说："那我不知道跟着谁了呀？"

　　姐姐说那天她一下子才觉得自己有一个弟弟，要好好照顾他，她才变成了一个姐姐。

　　儿时爸爸妈妈很忙，每天幼儿园放学之后，我和姐姐会一直站在门口的门卫处等父母来接，每次等久了，我就觉得爸爸妈妈可能不要我们了，伤心得放声大哭起来。

　　每当此时，姐姐会拍拍我的头，让我看她的手掌，对我说："姐姐会魔法，能看到爸爸妈妈已经在来的路上了！"

　　我吸着鼻涕将信将疑地看着她，她马上又低头看着手掌继续说："他们还买了水果、蛋糕和很多小玩具。"

　　我问她："真的吗？"

　　姐姐很认真地对我点点头，我就停止了哭泣。

　　姐姐用这种魔法让我安然地度过每一个等待父母来接的黄昏。

　　不久之后有了保姆，负责接送和照顾我们两个。可是那个保姆喜欢打牌，常常忘记时间，在一个暴雨后的黄昏，放学后的我们等待了许久迟迟不见保姆的身影，眼看天就要黑下来了，姐姐只能独自拉着我回家。

　　在过一条大桥的时候，暴雨后的积水还没排走，水淹到了姐姐的膝盖，我的大腿，我吓得不敢再往前走了，姐姐看着周围许久，发现没有人能够帮助我们，于是她走到我面前半蹲下来，让我趴上去。

　　姐姐就这么一步一步地背着我蹚过了一整条积水的大马路，我在背后看着姐姐的汗一滴一滴地顺着额头流向脸颊，默默地就红了眼睛。

　　在那些父母忙得不可开交的幼年时光，姐姐在我心目中像全能的神，她能带着我上幼儿园，又能带着我回家；发烧时她一边拿着电话听求助热线，一边笨拙地给我敷毛巾，往我脸上洒水；常常拉手风琴给我听，也会拿着一本本连环画，在我们都不怎么识字的情况下，根据她的理解把故事讲给我听。这些在我心目中都是很了不起的事情。

　　我读到大班那年，生活突然发生了变化，家里的生意出现了一些问题，姐姐无奈要被送去外婆家寄养一年。

临走前姐姐递给我一支顶端有只小青蛙的自动铅笔，一块橡皮擦，还有几个小本子，对我说："这是姐姐用平时攒下来的零花钱买的，打算等到你上学前班的时候送给你，到时候会用到这些，现在提前送给你了。"

　　我接过后点点头，过了一会儿姐姐又从小书包里小心翼翼地拿出一个自己用易拉罐做的笔筒，外面敷了一层纸，纸上涂得七彩缤纷，写着"生日快乐"，递给我后接着说："马上你又要生日了，这是姐姐给你做的生日礼物。你就不要再吵着找爸爸妈妈要礼物要蛋糕了。"

　　我又点点头，姐姐又强调了一次："这次是真的哦，你不能吵着找他们要礼物，这次你要懂事。"

　　我便似是而非地明白了点什么，用力地点着头。然后看着姐姐背着一个小书包和外婆离去的身影，突然想起马上也是姐姐的生日，我却没有礼物可以送给她，看着那个笔筒，我流下了伤心的眼泪。

（二）

　　姐姐去了外婆家的日子里，妈妈总是给我煮一锅粥放在家里，然后就和爸爸出门工作了，我常常一个人在家里发呆一整天，翻烂了手上所有的《三毛流浪记》连环画，最后唯一的娱乐只剩下那个按在门背后的小球架，和手上的一只小篮球，坐在床上不断地投，有时候进，有时候不进。

　　常常忍不住想姐姐在什么地方，在干什么，但再也没有哭过。我那时想，等我再见到姐姐的时候，她就会发现我已经不哭闹了。

　　那一年的家里总是有堆积如山的半成品衣服，每天夜晚都能看到父母蹲在大厅汗流浃背地给那些衣服钉纽扣。那时我才明白，为什么我的生活突然变化这么大，再也没有了娇生惯养，到哪儿都有人供着的日子，所以再也没有对父母撒泼耍赖地要过任何东西。

　　半年后，我们到了另外一个城市。在陌生的地方，我渐渐发现自己总在潜意识里充满了姐姐的影子，比如面对陌生人时，我会想，如果是姐姐会怎么做？在需要问路时，我会想，如果是姐姐会怎么开口？那时我还害怕搭乘手扶电梯，站在下面时，我又会想，如果是姐姐，已经一步踏上去了吧，然后我就一步踏了上去。

　　我常常拿着一盒蜡笔，在纸上歪歪扭扭地画画，画面内容大部分都是姐姐，有时她站在一片绿色的草坪上，有时她站在五颜六色的彩虹里，还有时，她在一片灰蒙蒙的灰色里，只有背影。

　　又半年之后，姐姐回来了，小孩子总是长得很快，一个月不见都变化很大，何况一年。吃饭时我和姐姐对视一眼，感觉很陌生，仿佛第一次见面。在接下来的日子，我们很少对话，也不像曾经那样无话不谈了。

　　直到我上小学的前夕，我坐在阳台上对姐姐说："我觉得很害怕。"

姐姐说："为什么？"

"我就是觉得上小学很害怕。"

接着姐姐笑着跟我说了很多关于小学有趣的事，还把她的红领巾拿出来给我戴上，说我戴起来很好看。

最后姐姐趴在阳台上问我："这一年过得好玩吗？"

我摇摇头说："放假我都是一个人在家。"

姐姐趴在阳台上没有说话，晚风吹过来，头发飘了起来，却遮盖不住她被黄昏映红了的脸和眼睛。

（三）

时间总是永不停歇，也不曾让我们喘息过一口气，便推着拉着我们向前跑。

我 15 岁那年，姐姐已经 17 岁了。我由于在校表现太差，操行分根本及不了格，于是姐姐上到高三时，我还留级在初中部。

姐姐的青春期喜欢看《幻城》《梦里花落知多少》，而我只看《火影忍者》和《古惑仔》。姐姐喜欢逛街，而我只喜欢坐在街边和一大

群江湖兄弟抖脚。

所以我们完全没有任何的共通点、共同语言，生活里除了同住一个屋檐下没有了任何交集。并且她在这之前的早两年，就开始对我有一种莫名的疏离感。甚至某一段时间，我们因为争吵过多，而彼此仇视。

加上我的朋友们都很放浪形骸，特别有一个叫夏天的，没事喜欢在我家玩耍，一玩耍就是几天，常常在客厅的厕所洗完澡，什么都不穿就往我房间走，那天正好姐姐开门从房里出来，被吓得目瞪口呆，一个拖鞋往他脸上飞去，他委屈地捂着脸跑回我房间来，找我借一条内裤。

我们就这样成了一对彼此嫌弃的姐弟，从不允许对方踏进彼此的房间。

姐姐的叛逆期也是很叛逆，常常大声地跟父母争吵，每当这个时候我总是正义凛然地挺身而出，帮着父母一起批评姐姐不对，纯粹觉得好玩；而轮到我与父母争吵时，她也如此。

但只有一次姐姐与父母争吵时，我没有出去帮着父母批评姐姐。

那天姐姐情绪激动，说从小到大他们只爱弟弟，把她一个人送走，什么事都偏着弟弟，一起犯的错也都是批评她，然后就哭了，爸妈也沉默了。

我在房间里静静听着，感到了内疚。

我想一个家庭里，子女中受委屈最多的，常常都是较为年长的那一个，因为大人们对他们的期待更高，要求更严，期待他们能带好下面那些小的。很多时候，我可以用"还小不懂事"来当借口，但姐姐却永远不能。所以才会有所谓的不公平。

那天我突然很想去安慰姐姐，只是走到她紧闭的房门前，又没有了敲门的勇气。回到房间，我坐在床上，拿出小时候和姐姐的那些合照，一张一张地看，想起她从小送我的那些礼物，有一种莫名的伤感。

没过多久，我初中终于毕业了，接着就被发配到了小岛去上高中，而姐姐去上了大学。

我们聚少离多，常常看到"兄弟姐妹"相关的字眼，也会想念自己的姐姐。但毕竟是过了小时候那么直白的年纪，很多话都只放在了心里，特别是那些亲近的人。

长大以后，我常常假装看不起姐姐，总是嘲笑她写一些"傻乎乎"的QQ签名，看一些莫名奇妙的书，和一些同样"傻乎乎"的人交朋友，进行着一些"傻乎乎"的休闲娱乐。

但慢慢我才发现，对她的这种鄙视，是出于羡慕。

　　姐姐常常会在某天突然消失不见，像小时候那样，接着就能在她的朋友圈里陆续看到许多世界各地的美景，并且在路上认识许多外国人，和他们交流，和他们成为朋友，还可以只身一人去西藏一个月，然后带回来好多见闻。姐姐总能直率地上前靠近所有想靠近的人，有坚定的信仰，且从不害怕自己遇见坏人，愿意相信和付出。

　　我不曾有过像她一般的勇气，却一直想成为她这样的人，遵循着自己当下的想法立即行动，或是毫无恐惧，满心兴奋地去一些遥远而陌生的地方。

　　所以在偶尔遇到难题，我还会想如果是姐姐会怎么做时，就开始厌恶她，却是源于自己那种奇怪的自尊心。

　　但后来我想明白了。

　　姐姐本就是一个值得尊敬的人，而自己想着如何像你一样成为一个值得尊敬的人，并没有什么好觉得可耻的。

　　在我高中毕业后，出人意料地考上了一个本科，去上了大学，没过多久，姐姐毕业了，她选择了去其他地方工作。

（四）

在一个晚上，我的母亲问我，今天怎么不开心？

我说我想我姐姐了，于是和爸爸一起开车去看姐姐。穿过一条脏乱的小巷子，到了姐姐狭窄的出租屋，几乎只有一张床和一些简单的电器，桌子上放着两个苹果。

姐姐却一直兴奋又喋喋不休地跟我们说着这里附近那些好吃的东西，直到我们走出去，经过那些"美食"时，才发现全是一些看起来很不卫生的小菜馆、路边摊儿。

凌晨的时候，姐姐站在路边，坚持要送我和爸爸离去。

我透过车窗，看向姐姐，觉得她站在昏黄的路灯下，显得那么形只影单，矮小瘦弱，一股莫名的心酸涌上心头，眼睛红了。

回过头来，才发现一晃好多年，我早已比她高出一个头。她再也不能背着我蹚过一整条积水的马路，反倒是她在我心里变成了一个需要人照顾和保护的小女孩，就像她小时候照顾和保护我那样。

想起小学一年级时，美术老师让我们画一个亲人，我在纸上画了一个瘦小的小女孩，小女孩背后却有一对大得占满了整张纸的翅膀，在画的右下角，我歪歪扭扭地写了"姐姐"两个字，然后交了上去。

　　"记得有一年，你去了外婆家，我就再也没有哭闹过，也许是那时你不在身边了，我知道没有人会魔法了。小时候你让我误以为世界总是晴天，到头来才明白，是因为你张开翅膀，挡住了所有风霜雨露。"

　　像天使一样。

Chapter 15

你去了英国

里则林

我再见到她时，在包间的大圆桌对面，她提着 LV，一身名牌，戴着一块精贵的女式表。

（一）

15 岁那年，我站在学校的过道里，看着所有同学都升上了初三。

我决定留下来再读一次初二，但不是由自己决定的。

老师对我说："别人不交作业一次，扣 5 分操行分，可是我对你已经很宽容了，你每次不交作业，我只扣你 0.5 分了，但你还是不及格，你只能留级了。"

　　我点点头，觉得是有道理的，毕竟学校有学校的规章制度，而且学校不可能把我永远留在初二吧。我想通这点以后，欣然留级。

　　我的位置被安排在靠近后门的卫生角。刚刚留级下来的时候，升上初三的那群不知道为什么操行分能及格的校内知名"不良少年"，常常会逃课下来，在我们班后门的玻璃上，探着脑袋来围观我。围观完后，会一起大声喊我的名字，让我出去抽烟。

　　每当此时，同学们都会集体转过来看着我，老师的眼神更是让我觉得能喷出一道闪电秒杀我。我无辜地看着他们每一个人，然后低下头，弯下腰，默默打开后门，溜了出去。

　　几个星期过后，班主任就跟年级主任反映，因为我的留级从而影响了他们班级的正常教学，经常有人在上课期间敲打后门。然后我站在教导处跟主任保证以后不会了，再站在操场求小伙伴们不要再来敲门了。被我晓之以理动之以情的他们，一时竟不知如何是好，突然少了一个好玩的事情，但经过思考，他们最终还是答应了。

（二）

　　之后我就只能每天睡觉了。老师和我都以为，我会将一整个初二学年都睡过去。

　　只是突然有一天，前面来了一个高挑的女生。我定睛一看，无奈地笑了，因为我不知道一个女的为什么能丑成这样。

我问她："你怎么坐到这里来了？"

她说："老师嫌我在前面太闹了，影响其他同学。"

我顿时有一种同是天涯沦落人的感觉，然后倒头睡去。

不过从此之后，每天上课趴在桌子上时，就能一直听到她小声而快速的叽喳细语；到了下课，更是常被她的哄然大笑当场吓醒。我感到很苦恼。每天在后面盯着她，她有时聊到激动时会回头看我一眼，然后避开我犀利的目光假装没看到，继续聊。

某天放学，我和老狗走在路上。我说："狗哥，前面来了一个傻逼，每天吵得不行，觉都睡不了。"

老狗说："打他啊。"

我："女的。"

老狗一听，停下脚步，点起一支烟，特别严肃地看着我说："你这样想就不对了，你告诉我什么叫作男女平等？"

我心想：男女平等？

老狗："你晓不晓得？人要讲究男女平等，女的还不是一样地打！而且女的打更重！"

他一口重庆话说得我都不好意思了，刹那间恍然大悟，觉得确实是这么个道理。

那天以后，在教室的角落里常常能看见一个少女突然往前一倒，然后惊愕地转过头去看着后面的少年。她椅子的后背，全是我的脚印。

渐渐地我变本加厉，每逢下课就组织一大群小伙伴，用纸团围攻她，但她虽势单力薄，也仍然一手护头一手捡起砸向她的纸团还击。

由于她的顽强，欺负她就成了我们的一个乐趣。每逢下课，一些发疯的小伙伴蹦蹦跳跳地到我面前来问我："开始了吗，开始了吗？"

在又一个欺负她的课间，老狗抓着一个纸团飞向她，正砸在脸上，她一怒之下一脚飞向老狗，老狗整个人摔了出去——老狗五年级丢实心球比体育老师还远，初中以后还创造了校纪录。他这一摔让我们叹为观止，全站在原地，张着嘴。她震住了全场。

然后她从我身边走过，瞟了我一眼，这时才发现她眼睛是红的。她低着头走了。

我那时其实是一个调皮而善良的男生。调皮过后，我又突然想到，其实她也是个女生。但因为交友不慎，听信了所谓的"男女平等，女的打更重"理论，导致我差点丧失了人性，一股内疚涌上我心头。

我对老狗说："其实她刚刚哭的时候还挺可爱的啊。"

老狗一句话都没说，估计还沉浸在那无法解释的一脚中。那天之后她得了一个外号叫"大力佼"，佼是她的名字，大力是因为她很大力。

后来我再也没欺负过她了，虽然还是经常会骂她，但她也敢还口了，因为她大概知道，我对她有歉疚之情。

有一天老狗开玩笑跟我说："你也该找个女朋友了啊。"那时我才 15 岁，但他对我说了 35 岁才会说的话。我呵呵傻笑着，想象着女朋友的画面，脑海里闪出的却是大力佼，这让我开始生自己的气，然后还得每天去克制自己别想这件事，于是我就每天都想着这件事了。想着想着，我就觉得她挺耐看的，有时候还挺可爱的，特别是她放着一大堆零食在抽屉里，接着打开抽屉告诉我："看到没，这么多零食，你别偷吃！"我点点头，于是她的零食基本上都被我偷吃了。

渐渐地，我开始跟大力佼偶尔会聊聊天，开开玩笑，有时突然沉默下来，我盯着她，她盯着我，我就尴尬地脸红了起来。

一段时间过后，连老狗也能看出来我喜欢上大力佼了。他总劝我"要主动点，别再装逼了。"

（三）

表白那天，正在上自习课，我趴在桌子上睡觉。大力佼转过来，用手指弹我。

我懒得理她。

她又卷起一个纸筒假装喇叭，凑到我耳边问我："你睡着了吗？"

我还是一动不动。

接着她"喂"了两声，然后我感觉到她转过来，仔细地观察着我。

我依然——不动。

然后她又把纸筒凑过来，一字一句地对我说："我——喜——欢——你。"

我整个人吓了一跳，又抑制不住地心中一喜，但我竟然整个人弹了起来大喊一句："哈哈哈哈哈，你居然喜欢老子！！"同学们都被吓了一跳，转过来看着我们。于是空气就凝固了，我开始觉得自己的行为是不是太任性了。

由于大力佼力气很大，她脸一红，二话没说，抓起一把书追着我就开始打，一直打到我躲进男厕所。

我们就这样一起早恋了。

早恋后的某天，我们经过一个宠物超市，看到一只猪，她很喜欢，然后我就买了。她抱着那头猪声称要好好爱护它。但在当天，那头猪对着我们哈了一口气，很臭，于是那头猪她就从来没有带回家过，一直放在我家。那是一头白天睡觉、晚上活动的猪；而它活动的内容就是在大厅瞎跑，到处撞房间的门，搞得我们都睡不着觉。有一次半夜那头猪叫得跟杀猪似的，我才发现它撞进了大厅的厕所，在坑里苦苦挣扎，我救了它，但早已心力交瘁。

后来，爸爸偷偷让保姆把它卖到了菜市场……为此，大力佼假装伤心了很久。那些日子里，我和大力佼时常放学走在步行街，到处瞎逛；还在情人节一起吃了个"跑堂"。有一段时间我们决定买两个本子一起写日记，过段时间再交换来看。她还常常和老狗拼酒，老狗觉得压力很大。

当有一天，我爸看到她时，问我："她是不是个弱智？"当时没有"萌"这个词，我很难解释。因为她经常会说一些现在想起来很傻的话，也会做一些现在想起来很傻的事。比如找不到一直抓在手上的电话，又比如找不到电话一着急用力地甩甩手，电话甩飞了。我们一起看余文乐和高圆圆演的《男才女貌》时，我哭得不能自已，她在旁边一直笑我。

　　十五六岁时，其实没有人懂爱是什么，但大家都以为自己懂。至于未来是什么，没有一个人知道，但也由于没心没肺，所以两个人才能出于最单纯的动机地在一起。

　　也因此，我们从来没想过初中毕业时会怎么样。

　　在初中毕业后，爹娘决定把我送去海口上高中，因为他们希望我远离那时的环境，看能不能好好做人。那个暑假，我们心里都像压着一块石头，却又像早已达成了默契，在那段日子里，绝口不提将要分隔两地的事实。我们只是如往常一样和朋友们待在一起，欢度最后的时光。

　　那个暑假，是我唯一一次感觉要倒数着过日子的日子。

　　终于到了临走前的一天晚上，我们站在路边，我假装潇洒地把脖子上的玉佩取下来，扳成两半，一人一半，我说："这样日后我们就能相认了。"

　　她点了点头，把那半块玉放在手里，看着我，跟拍戏似的。

　　说完，我们就再也说不出一句话了。最后我送她上了回家的车。我看着那辆黄色的的士，越走越远，眼睛就红了。

　　走那天，一起长大的小伙伴们都在路边哭着把我送走了。但我唯独没让她来。

（四）

　　高一开学后不久，快到我生日时，我收到一大箱东西。上面写着："要从下面打开"。于是我从下面把那个很重的纸箱剪开的瞬间，有几百颗糖果像水一样倾倒而下，哗啦啦落了一地。里面的信写着："要的就是这种效果。"

　　相隔两地的我们最后还是分手了。

　　再回到重庆那年，大家都已经上大学了。而我再见到她时，在包间的大圆桌对面，她提着 LV，一身名牌，戴着一块精贵的女式表。我轻轻安抚了一下内心，觉得少年时真好。我们像第一次见面的陌生人，遥远地错落在朋友之间坐着。

　　之后我又去了北京实习，一个从小玩到大的小伙伴来北京找我玩，主动跟我聊到她，小伙伴跟我说："她后来出国了，去了英国。走那天是大哭着走的。"

　　我听了以后点点头，觉得一下子就已经那么多年了。

（五）

　　我从来不写爱情，因为我只有两段关于爱情的故事。总想留着等有一天写下来。

你去了英国，我却在世界的另一头想起了你，就像想起一个老朋友。时间带走了那些单纯日子里所有争吵和笑声；也带走了青涩和傻气；如今偶尔会和朋友笑着谈起曾经的我们，只是早上再照镜子时，发现已是另外一张成熟的脸。

Chapter 16
故事的结局不会写在开头

曲玮玮

万万没想到，周小芳竟然也有喜欢的人。

作为经常和猫抢粮食吃，饿了连板蓝根都可以冲掉喝的吃货，之前她一直宣布单方面嫁给了培根。因为这个早已作古的男人不仅跟某种肉类重名，还说过"芝士就是力量"。

但她生日前一晚我们去校门口撸串，她把脸趴在油腻腻的小桌上，亲口告诉我，她喜欢庄楚涵。

这个每天背着书包去图书馆读黑格尔海德格尔的姑娘，经常和我严肃探讨"人的本质是什么"的姑娘，我曾以为"爱情"只是她脑袋里一闪而过的学术名词，是一个令她混沌和不屑的概念。她曾鄙视每个坐在小花坛和男朋友搂抱在一起浪费时间的女同学，觉得人生只要

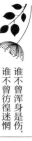

有书看有肉吃，就什么都好。

作为哲院辩论队队长，周小芳率队和法学院打了场比赛。话说在 F 大辩论场上周小芳从来没输过，吞下去的是矿泉水，吐出来是冰碴子。昨天她不但输了，而且语无伦次词不达意。原因只有一个，上场前法学院男神庄楚涵温柔地提醒她一句，"小芳，你的鞋带开了。"

庄楚涵是什么人呢？据跑步协会的同学说，他几乎每天晚上带一个姑娘去小操场散步，从诗词歌赋聊到人生哲学，姑娘清一色长发细腰长裙飘飘，本校资源枯竭了还有外校。

学生时代总有这一类女生，比如周小芳，并不丑，只是胖，而且无心拾掇自己，根本不屑把"形象"放在自己专注的范畴中，所以男生们择偶的时候会自动把她们忽略掉。

其实谁都不知道，她们心里也默默期待一场爱情。

大概喝高了。小芳把酒瓶子一摔，张开双臂叫道，"我想让全世界的男生喜欢我！"撸串的其他人都往我们这看，我吓得赶紧捂住她的嘴往宿舍里拖。

姐姐，差不多得了。

可能小芳的虔诚感动了上天。据说那天晚上，一个长着翅膀头发卷曲状如丘比特的小孩儿给她托梦，告诉她每年生日这天，不管和哪个直男对视，他都会把你看成他心中女神的样子，然后喜欢上你。

周小芳也没把这梦当回事，她迷迷糊糊睡醒了，穿上拖鞋到校门口买煎饼果子吃。

"加火腿和鸭蛋黄，多洒花生米不要辣。"

"好嘞！"老板瞅了她一眼，打一个惊颤。小芳只顾低头打哈欠，再抬头，发现老板加了两个火腿两个蛋黄，洒了一大碗花生米，煎饼皮快撑爆了。

"这……多少钱？"小芳慌了。

"不要钱，姑娘，不要钱！记得常来啊。"老板嘿嘿傻笑，递煎饼的时候趁机握住她的手，搓来搓去。

小芳明白了什么。

于是这天早上，她吃到了免费至尊豪华版煎饼果子、烤冷面、烤土豆、爆米花、刨冰……尽管在黑暗料理小哥们眼里，她可能变身为苍老师、泷泽萝拉……

跟小芳去上西方哲学史，她把刚才的奇遇告诉我。

"有本事你去勾引下我们院长？" 发生这种事情，总之我是不信的。

小芳故意拉着我坐在第一排，一节课托着下巴盯着讲课的院长看，期待院长老头跟她四目交汇。果然，院长在讲台上像突然触电，提前半小时下课把我们驱散，单独把小芳留下来聊聊她申请学术项目的事，还特批两万块经费。

老院长原本干涩的眼睛里冒出两只水灵灵的桃花。

我真信了。

"所以赶紧趁机找庄楚涵去啊，没多少时间了。" 我催她。

"我还是不敢，万一验证出他是弯的，我岂不是从此连念想都没了。" 小芳低着头。

其实她心里早就盘算好了。利用今天独一无二的外貌优势接近他，然后用赤裸裸的灵魂吸引住他，哪怕第二天技能失效她做不成庄楚涵的女神，他已经被她的灵魂吸引，皮囊已经不重要了。

晚上庄楚涵在打院系杯篮球比赛，别的姑娘纷纷跑去给男生加油送饮料，小芳扛着一桶 1.2 升的可乐也屁颠跑过去了，还拿了一个大喇叭。

"庄楚涵，加油啊！"用大喇叭一喊，果然把他的目光吸引过来，小芳赶紧坐正，盯着他的眼睛抛媚眼。

对方猛打一个激灵。

那天庄楚涵投了八个三分球，盖帽抢篮板无数，法学院的女生全疯了。周小芳抚摸着心爱的大喇叭，嘴角上扬，气定神闲。

比赛结束，法学院大比分打赢，庄楚涵满头大汗往小芳这里跑，在全场人的惊呼声中，小芳打开可乐瓶，咕咚咕咚灌给他。

然后两人牵手直奔小操场散步去了。

苏格拉底遇到庄子会发生什么？

没有宗教的世界会是什么样？

人要么孤独要么庸俗是什么意思？

自由是不是这个世界的普世价值？

"因果报应"到底存不存在？

两人就各种（伪）哲学问题展开深入探讨，不知不觉绕小操场走了三十八圈。周小芳心想，读了那么多书，在图书馆待过那么多日夜，原来最后检阅到的快乐不是写完一篇顶尖论文，不是拿到特等奖学金，仅仅他妈的是庄楚涵笑着的眼睛。

庄楚涵的手臂离她越来越近，空气里满是薄荷味清香，他的指尖触碰到她的指尖，他的汗水和她的汗水交融，他的温度紧贴她的温度。

周小芳特别想问在他眼里自己究竟是什么样子，庄楚涵的女神究竟是谁。为了爱情她也愿意改变自己，减个肥换个发型什么的。但她并没勇气开口。

在所有路人状如鸡蛋的眼珠注视下，庄楚涵把她送到寝室，两人也像普通情侣那样在门口腻歪很长时间。大概是乐极生悲，这天晚上周小芳蒙着被子嚎啕大哭，她不知道一觉醒来之后，喜欢的男生再见到她，会目光带笑还是落荒而逃。

现实真的不是童话，第二天庄楚涵真的没有再理她。中午在食堂他跟我们相遇了，周小芳体积那么大，他却看都不看一眼。她少女心碎了一地，边往嘴巴里狂塞米饭边流泪。

"庄大神，听说你昨晚跟哲院的周小芳散步去啦？口味挺重。"有人八卦。

"周小芳？那个死胖子吗？怎么可能！"

在小芳对面发生了这样的对话。我慌乱堵住她的耳朵，但为时已晚。周小芳已经泪崩如大姨妈，眼泪和米粒混在一起，一张脸成了被万千脚印蹂躏的雪地。

这事几乎带给周小芳毁灭性的打击，她想不到庄楚涵也那么"肤浅"，是个只看脸的家伙。我不知该怎么安慰她，毕竟退一万步说"以貌取人"也没什么错，生物学上还说外貌协会是人类的本能呢。

爱情好不容易出现在她生命里了，可惜她只品尝了一天美好，却用余下的每一天来心碎，那个托梦的丘比特也太不厚道了。百度上苏格拉底和柏拉图关于爱情的真真假假名言一大半，没有一句能指引周小芳到底该怎么办。

这之后周小芳对美食再也没有了往日的热忱。从前她最大的梦想就是上课时兜里的开心果瞬间转移到嘴巴里，而且皮给剥好。去年她的生日愿望还不是谈恋爱，是拥有咬下去没有籽的超大型石榴、没有核的芒果、没有躯壳的螃蟹、会跳脱衣舞的小龙虾。

现在她每天仅仅喝米汤度日，为了让她多吃点东西，我拿着塞满苍老师和泷泽萝拉的 U 盘校门口换了至尊豪华版煎饼果子，周小芳竟然看都不看一眼。

茶饭不思几个月后，周小芳掉了二十斤肉。

有鸡汤说，上帝给你关上一扇门就会打开一扇窗。暴瘦后的她双眼皮更深了，鼻子更挺了，下巴更尖了，真的成了女神。

我大喜过望，拉着她出去买衣服，劝她化妆，她并不理睬，继续抱着书读她的经济双学位。学校里开始有男生喜欢她，我还替她收到过不少信，她看都不看，刷刷撕掉，声音如同曾经咬煎饼果子的脆响。

她还是那个在辩论场上中气十足的姑娘，经过情侣幽会的小花坛免不了嗤之以鼻，在图书馆待上十几个小时乐此不疲。

转眼她到了二十一岁生日，她还记得去年丘比特的托梦，今年她一整天待在屋子里，外卖都是我帮她下楼拿的。周小芳说，"我拒绝和任何异性对视，不想对方再把她看成什么苍井空泷泽萝拉。"

她更没想过去找庄楚涵，尽管她再也不是当年的"死胖子"。哎，风不吹了，风筝会永远留在树枝上，伤口愈合了，疤痕会永远留在皮肤上，时间过去了，记忆会永远锁在时空里。周小芳说，毕竟他伤害了纯真少女桃红色的心，这永远不能原谅。

毕业之后，小芳离开上海去北京工作，再见到她是三年后，她飞回来做我婚礼的伴娘。

婚礼前一天我请她喝下午茶，她变化惊人，我都认不出了。她在一家投资公司做公关经理，常年筒裙丝袜高跟鞋，双颊扑粉，嘴唇亮红，睫毛根根卷翘，指甲剔透晶莹。

真可惜，她说自己还是没谈过恋爱。

向她赤裸裸告白的人不少，坐在餐厅吃一顿饭她就能看出对方的心意，但是她躲着，回避，实在纠缠不过，干脆告诉对方她喜欢女人。她一直一个人住，怕黑，每次经过漆黑的楼道得打开 iPhone 手电筒，放 GALA 乐队聒噪的歌，一路屏气回家。这种单身的生活是挺苦逼，但身边如果多了一个一起生活，她更想都不敢想。

年轻时受的伤到底能造成多大的心理阴影啊？我没经历过，不知道，但据说这种阴影不是一把撑开的伞，是欣欣向荣的大树，伴随着你，一直生长，一直膨胀。

神奇的是五年前丘比特好心托梦赋予她的超能力一直都在。可惜，之后每个生日她把窗帘紧紧拉起来，待在出租屋里看片睡觉度过一天。出门勾搭一下吴彦祖也行啊，真是浪费。

"你不会……真的喜欢女人了吧？"我问。

她瞪我一眼。

婚前那个晚上周小芳睡在我家，我们俩把身体摆成大字躺在床上，嘴上吊着吸管盯着天花板聊天，聊累了起身吸一口床头柜上的可乐。

她跟我讲怎么当众把同事送她的玫瑰剪碎，回家路上怎么开车玩漂移躲避追求她的客户，我告诉她这几年的琐事，拿入职后攒下的第一笔钱去了菲律宾哪个岛旅行，男朋友又给我买过几束花。

"还记得吗，二十岁生日那天，我去黑暗料理街免费吃到各种至尊豪华无敌版煎饼果子烤冷面，还被老板一路追着喊苍老师……"小芳吸一口气，转头看我。

我扑哧笑了。

第二天婚礼丢捧花，我把它结结实实塞到周小芳的手上。我像饿狼那样替她盯着全场适龄男青年，恨不得当场替她征婚。

飞回北京后她把捧花放在客厅茶几上，然后继续忙工作，一个人回家一个人睡觉，房子太空太寡淡，每天只好开着嘻嘻笑笑的综艺节目造一点人气味儿。有天要见一个大客户，她早早起床洗漱化妆，打车去公司。路上司机一个劲儿跟她搭讪，夸她长得像杨幂，眼睛不看路只盯着内后视镜看，差点追尾。

她明明和杨幂一点都不像。

去公司，发现客户提前到了，她惊得把文件摔在地上。

当然了，就是庄楚涵。如果不是这么巧，那故事怎么写得下去呢？

当她发现庄楚涵眼睛瞪得比她还大，下巴比她扯得还夸张时，她反而淡定了，抱紧文件夹走进去，"庄先生，我们就直奔主题吧，看看合约。"

周小芳把内容大概梳理了一遍，谈到什么细节庄楚涵都不质疑，一路"嗯嗯"点头过去。虽然极力控制语调语速，不想让自己看上去有任何反常，但是胸前左边的位置还是出卖她了。

心跳快得像童年夕阳下坐在小板凳上猛拍的皮球。

谈妥了，周小芳喝一口水起身准备送客，庄楚涵也拧开矿泉水喝，但没忍住笑，噗一声把水喷到周小芳身上。

她看着他，眼眶潮湿，眼神惊惶，水没擦，淡定地淌在胸脯上。

庄楚涵尴尬地掏出手帕递给她，如果现实中也有 photoshop 取色器那种工具的话，庄楚涵的脸一定能取出最诡异的红色。

"喂，傻逼，你到底笑什么？"周小芳也端不住了，双手抱胸盯着他。

"我笑你啊，怎么好几年过去了，你还是当初那么胖滚滚那么可爱啊？"

故事的结局不会写在开头

Chapter 16

　　"你说我胖，你瞎吗？"周小芳拿着文件夹想揍过去，突然想到了什么。

　　"因为——因为今天是我生日。"

　　曾经有好几年，周小芳疯狂地猜想过二十岁生日那天，庄楚涵的眼睛里到底映着谁的倒影。不过这些都不重要了，那一刻她才知道，曾经那个胖胖的姑娘还在他的世界里闪着光。

　　或许有时候，耐人寻味的故事并不会把结局写在开头，就像值得回味的感情，不会让男女主角在同一时间爱上彼此。

Chapter 17

你爱的是他爱你的感觉

文 / 这么远那么近

（一）

在爱情中我们总是记得甜蜜和受伤，对那些刻骨铭心的记忆历历在目，可曾想过爱的温暖和相守，爱的不舍和难过，或许仅与爱有关，与人无关。曾经有一个人，你爱的并非他的人，而是那份他给予你爱的感觉。

在我曾经对感情的认知里，我一直不承认会有这样的情形出现：有人进入你的生命，为你带来新的体验，给你爱的感觉，你理所当然享受这份迟来的温存，却无法爱上那个给你温暖的人。这种事情，在我没有听过娟子这个很长的故事之前，我是不相信的。

我们都是情感动物，会开心，会悲伤，会感动，会憎恨，如果有

人千里迢迢赴你一面之约，把所有遇到你之后的时光都裁进了他的生命里，他用力去爱，用自己的微弱的光去照耀你的前路。这样的人，难道不值得爱吗？

曾经我也以为那很值得，但现在，娟子却颠覆了我的想法。

前几日中午我正被工作搞得焦头烂额，微信突然叮咚响了，是几个月没见的娟子，她破天荒地打字过来和我说：你能不能来一趟朝阳医院，我住院了，想找人聊聊。

我顾不上工作，抓起衣服就往医院赶。因为我太了解娟子，她如果不是有特殊情况，是不会在微信用文字联系，以往我打字她都会发语音骂我："你个王八蛋，说句话又不浪费时间，你说句话是能死人吗？"

娟子是我在这座城市最要好的女性朋友之一，或许是东北人的缘故，性格火辣外向仗义直爽，办事说一不二雷厉风行，是全球 500 强外企的公关总监，已经算是事业有成，可感情却始终没动静。我经常开玩笑数落她，就你这男人做派，注定找不到男朋友，哪个男人会娶一个慈禧回家供着？

娟子每次都是一脸无所谓地摆摆手，老娘不需要男人，没几个男人会降得住我，我就自己单着挺好。果然，我认识她六年，她基本都是空窗期，但不是没有人追，用其他朋友的一句话形容，追她的各类男生能从朝阳大悦城排队到天安门。她也曾经尝试交往过几个，但都草草收场。我问她你到底需要怎样的男人，她认真想想，然后做一个放弃的表情，"不知道，这不是我控制的范围。"

匆忙赶到医院，娟子躺在床上睡着了，许久未见，她清瘦了很多，没有精致的妆容一脸的疲惫，估计这些日子她过得不好。一会儿有护士来测量体温，她醒了抬眼看到了我，张了张嘴沙哑地说："我渴。"

我拎着暖瓶去打水，又买了一些水果，间隙打开微信找到小喵，刚推送了消息显示他拒收，他把我拉黑了。

我回到病房给娟子倒水削苹果，等她精神好一些我才敢问："怎么就你一个人，小喵呢？"

娟子眼眶一下子泛红，"他不要我了。"

（二）

是的。小喵是娟子的男朋友，哦，应该是前男友吧。

最开始听到一个男人叫小喵时，我脱口而出这货是 GAY 吧。娟子一口水就喷到了我脸上，她一边慌忙拿纸巾给我擦一边大笑，"我也怀疑过啊，我不止一次问他是不是玩腻男的了想换个口味。他都脸红得和西红柿一样跟我解释，肯定不是啦。"

　　小喵刚来北京工作不久，是一家时尚杂志社的摄影师，每天对着无数的帅哥美女和奢侈品按动快门。他之所以叫小喵这个名字，是因为他曾经救助过很多的流浪动物，是流浪动物救助站的元老，家里还有领养的四只狗三只猫，为人又很谦和温柔，好脾气出了名。久而久之，朋友就给他起了一个"小喵"这样很婉约的名字。

　　应该说一下他们相识的过程，这可以算得上缘分的一种。小喵是娟子一个朋友的朋友，那个朋友没事拿着小喵的手机摆弄，小喵佯装生气去阻挡，结果瞄到了朋友手机的微信，娟子在朋友圈里刚发了一张自拍。小喵后来偷偷告诉我，当他第一眼看到娟子的照片，感觉整个胸腔瞬间没有了空气，一口气吸光差点憋死。

　　然后小喵就死活拜托那个朋友介绍他和娟子认识，结果朋友也豪爽，丢过手机说"那你自己去联系啊"。小喵想都没想就用朋友的账号发消息："我能不能加你？"

　　那时娟子正在和同事喝下午茶谈工作，她看到消息觉得奇怪，对着手机说："你今天发烧了嘛，我们不就是好友吗？"然后那边不带标点地回复，"我不是你的这个朋友我是你朋友的另外一个朋友我就是通过你的这个朋友想认识你的新朋友。"娟子看了一眼就把手机丢给同事，"你看看这是几个意思，我怀疑他说的是外语。"

　　后来娟子的朋友把他们拉进微信群相互介绍认识才理清人物关系，小喵小心翼翼问娟子是不是可以交个朋友。娟子倒是很客气，"没问题，那我加你吧。"

按照娟子的话讲，小喵就是爱心泛滥到要溢出来，他的这份爱心直接体现在了娟子身上，从他们认识的第二天开始，小喵就展开强大攻势，每天娟子还未起床，早安的微信如约而至，上班提醒开车小心，上午提醒吃个苹果，中午提醒好好吃饭，下午提醒吃块点心，下班提醒堵车别急，应酬提醒要少喝酒，睡觉又是晚安问候。

就这样过了一个半月的微信交流，这个男人支支吾吾好半天，才说："我很喜欢你，我们可以见面吗？"

然后，他们就在一起了。

（三）

我曾经问过娟子，你喜欢小喵吗？

娟子歪着头想了想，"还成啊，他长得挺帅的，对我也挺好，感情可以慢慢培养嘛。"我点点头，是啊，在我的认知里，如果对一个人有了好感，那么所有的爱都是可以培养，但我忽略了一点，任何的爱情，都应该建立在对等的基础上，付出和回报虽然不是爱的必须条件，但却是现实感情中的天平，如果有一方崩塌，那么爱还没有开始，就已经不复存在。

　　我曾经在朋友聚会上见过小喵几次，他是我见过的最不会唱歌的人，准确地说是所有的音符完全不在调上，他只要一开口所有人都能笑得趴地上，他也挠着头不好意思地说之前自己从来不唱歌，一唱歌大家都笑话他，他都不敢开口。

　　可娟子最喜欢的事情就是听小喵唱歌，她说那很可爱，她从来没有听过一个人能够把一首歌唱到面目全非，只要她不开心，一个电话打过去，无论小喵正在做什么，哪怕是在工作拍摄，他都会借口离开一会儿给娟子唱歌。

　　从刘若英到王菲，从五月天到凤凰传奇，从《月亮代表我的心》到《舞娘》，从《明天你要嫁给我》到《娘娘驾到》，小喵活脱儿成了娟子的点唱机，会的歌张口就来，不会的歌就去学，不过就算学会了也唱不到调上。我曾经问小喵："你这是何苦，娟子说不定在寻你开心。"小喵笑笑说，"寻我开心也挺好的，她只要开心，我就唱。"

　　他是那样温柔的一个男人，对娟子无微不至。无论娟子如何在他面前嚣张跋扈，他都是笑眯眯地接受，在他的眼里娟子就是他的女神，他把娟子当成了一块宝，他或许不知道，他的这块宝，其实是一块滚烫的炭，放在手里会烧身体，放在心里会烧心。

　　在医院里，娟子一边吃苹果一边对我说，小喵曾经告诉她，"我爱你，那是我的事，我不需要你爱我。"

娟子单身了太久的时间，她或许忘记了该怎么恋爱，她忘记了爱情中的人应该做什么，她把小喵的话信以为真，她真的以为这个世界上会有一个人不计回报地爱她，作为正牌女朋友，她对小喵挥之即去招之即来，忽冷忽热若即若离。

他们的第一次冷战来得突然，娟子已经习惯了小喵每日的殷勤，突然小喵消失一天，给他发信息不回打电话不接，娟子就像是丢了魂一样去他公司楼下等他，等到晚上十点才看到小喵提着相机出来，他看到娟子十分惊讶，问："你怎么来了？"

在之后的谈话里，小喵说"你不爱我"。娟子马上反驳，"你不是说不需要我爱你吗，但其实我是爱你的，这就够了吧？"

后来小喵说了一句让娟子难受了很久的话。他说，"你的爱太稀薄了，都不够煮一碗汤。"

（四）

娟子躺在病床上，说起他们的那次谈话觉得不可理喻，小喵说他压力很大，他自己初到北京，事业刚刚起步，人也没气质又很木讷，而娟子又漂亮又开朗，有车有房有事业，他觉得娟子和他不是一个世界的人。

小喵不是一个咄咄逼人的人，他的难处我看在眼里，我其实赞同他说的顾虑，虽然那看似是借口，但他们的爱或许真的经不住各种现实的打压，更重要的是，娟子自己都不知道，她是否真的爱小喵。一个男人不清楚自己深爱的女人是否爱他，这对他而言，是致命的打击。

经过了第一次的冷战，娟子收敛了很多，她开始对小喵嘘寒问暖，去他家里给他做饭，给他买衣服送礼物，他们开始恩恩爱爱卿卿我我唧唧歪歪，每次都各种的秀恩爱刺激众人，好多朋友都笑说，小心啊你俩，秀恩爱死得快。

真的让大家说准了，在经过了不长时间的恩爱后，他们开始频繁地吵架，都是一些鸡毛蒜皮的小事。娟子最爱做的事情就是拉黑好友和通讯录，这样小喵就会不停地去她公司找她，给她道歉求她原谅。娟子似乎很受用这样的伎俩，每次都是吵闹一下也就过去了，但却从未想过小喵的感受。

娟子告诉我，后来她变本加厉，有时工作忙一天不回复信息，有时自己心情不好就故意找茬，有时觉得腻烦了就消失几天，任凭他怎么去找她也不搭理，找到她家娟子就去朋友那里住。最过分的一次，她曾经消失了三个月，休假去外地旅游，没有人可以联系上她，包括小喵。在娟子的理解里，小喵离不开他，无论她怎么任性怎么胡闹，小喵都能百般地容忍。

那段时间我见过小喵几次，都是我陪他在酒吧喝酒，他整个人颓废到不像话，胡子拉碴不换衣服，每次都喝得大醉。我又生气又无奈，我劝他不如就放手，娟子太任性，性格太强势，他降不住她，最后他会伤了自己。

他眼神迷离地摇摇头，"可是我爱她，我就想对她好，我甚至不要求她的同等回报，只要一点点就够，可是就这一点点都是奢望。"

他们就像是过家家一样，一边扮演着不同的角色一边做着看似委曲求全但伤害对方的事情，娟子不懂爱却以为在爱中，小喵逆来顺受唯唯诺诺，他们就好像是战场上对立的两方，从来没有过相持的阶段，只是看谁能够压得过谁，然后战役就宣告谁最后胜利。

最后一次的争吵发生在半个月前，娟子因为小喵的一个女性朋友吃醋，喋喋不休得理不饶人，小喵百般解释却愈演愈烈，拉黑朋友圈删人已经是老把戏不足为奇，就当娟子还沾沾自喜时，小喵终于斩钉截铁地说要放弃。

娟子告诉我，她不知道这是怎么回事，她应该是爱小喵，她知道自己不对，可是控制不了自己，她好像是在一边接受他一边又往外推他，她总觉得自己和他都累了。

（五）

娟子撑着身子坐起来，给我看手机里的截图，那是小喵最后和她的信息。

——我努力了好久，但我还是放弃了。我不知道自己该怎么做，也不明白我们究竟出了什么问题。

——你为什么放弃，如果你说你不爱我了，那么你就明白告诉我，我掉头就走。

——做不到。

——那你的意思就是我的错了？

——不是你的问题，是我的问题。哪怕我爱你，可你不爱我，无论我再怎么爱你，你都不会爱我。现在这种进一步退一步的感觉，太难受了。

——可是我爱你啊，真的。

——不，爱一个人，必定有着最直接的温暖和疼痛，而你，感觉不到我的感受。

——那我不爱你，我为什么要和你在一起。

——你不爱我，你爱的是我爱你的感觉。

娟子苦笑着说，"这一次轮到他，他拉黑了我的微信，屏蔽了我的通讯录，我换着手机给他打电话，他就换号码。去他家里找他，可他搬家了。我去他公司找他，他们说他辞职了。他用了最短的时间消失在我的世界里，他这是铁了心不让我找到他。"

我拍拍娟子的肩膀，"他在生气时你去找他，是因为他这个人，还是舍不得他给你的爱？你真的爱他吗？还是正如他所说，你爱的只是他爱你的那份感觉。"

她摇摇头，"我不知道，你说呢？"我看着娟子消瘦的脸，一时间也没有了头绪。

我说，"我也不知道，按照常理，如果你真的爱那份爱的感觉，最后也会爱上那个人，他可能不符合你对爱人的想象，但却符合对爱的期许，爱不就是一份感觉吗？但现在，我真的说不清楚。"

娟子拿起手机对我晃晃，"我和小喵就从手机开始认识，最后又终结在这里，我为了找他得了重感冒感染了肺炎，或许也是对我的惩罚。我只是知道我和他在一起很开心，他能逗我笑，又关心我，我喜欢被人这样爱着的感觉。"

我突然想明白了一件事，"那如果换一个人这样对你，你是不是也会和他在一起？"

娟子思量了许久，艰难地点点头，但随即又摇摇头。

两个人在一起，或许因为感动或是爱护，但最终能够长相厮守，永远都是那个人胜于那份感觉。如果玩一个换位游戏，就像对方那样无尽地付出不要回报，像对方那样患得患失惶惶不安，而对方像自己那样忽冷忽热爱理不理，像自己那样以自我为中心地谈一场恋爱。彼此会不会心痛，会不会难受？那这份感情，又该如何下去？

娟子打开微信收藏，里面只有一条信息，是小喵很久之前的一条语音。

那是小喵唱的歌，我听了好几遍才听懂他在唱什么，是刘若英的《一辈子的孤单》。他用完全找不到调的声音唱：自由和落寞之间怎么换算，我独自走在街上看着天空，找不到答案，我没有答案。

"就剩这一点了？"我问。

"嗯。"娟子边听边笑，笑着笑着就哭了。

Chapter 18

亲爱的酒鬼

郑执

　　我自二十岁始，度过了很久一段与酒精为伴的日子，在朋友间落下个酒鬼的名声。究竟自己算不算不折不扣的真酒鬼，不敢妄下定论。但我着实可以为自己找到一个完美的借口，那就是，遗传。上至我姥爷跟我爷爷，再到我爸爸，都是如假包换的真酒鬼，几十年后又轮到我，能怪谁呢？酒精就如同这个家族男性的第三性征一样，流淌在我的血液里。

　　我妈高考那年，姥爷醉倒在马路牙子上再也没起来，先脑血栓后瘫痪。祸不单行，我姥姥也在同年因工伤入院，哥哥姐姐都已结婚搬出去住，照顾姥爷的重担全落在我妈一个十八岁女孩子的肩上。还在跟我妈谈恋爱的我爸挺身而出，帮我妈一同分担，直到我姥姥出院，又照顾了姥爷三年，姥爷最终去世。姥姥买了十瓶好酒给姥爷陪葬，哭着骂，他娘个逼，上那边儿喝去吧，喝死拉倒。听我妈讲，姥姥在照顾姥爷那最后三年里，没有一天断过早晚给姥爷翻身擦背两次，就担心姥爷长年卧床生褥疮受罪，一米五五的老太太翻一米八六的老头子，生生把自己翻成腰凸。

不出三年，我爷爷也因酒精肝引起的并发症去世。两位老酒鬼谁也没能扛到我爸妈结婚，谁也没见着我这个两家里最小的孩子。我也从未体会过，爷爷跟姥爷是怎么疼小孙子的。

从小我就知道，酒不是好东西。全家人都是这么给我灌输的，这一辈子，酒能不喝就不喝。长大以后，我还是辜负了家人的众望。清楚记得有一次，我坐在电视机前边看《水浒传》边吃晚饭，突然想喝汽水，于是向姥姥要了一个海碗，把汽水倒进碗里，双手端平，跟电视机屏幕响当当地碰上一声，大喊，"武松兄弟，干了这一碗！"我姥姥连"他娘个逼"都忘了说，扑上来就是一顿暴揍。那年我九岁。

相比我姥爷和我爷爷，我爸实在算不上一个虔诚的酒鬼，他喝酒太爱吃菜了，也就是为我姥姥所不齿的"拿喝酒当幌子的馋逼"。不过没办法，谁让他是开饭店的。自我有记忆始，童年就是在一群酒鬼的围绕下长大。最早家里开的是面馆，夏天就在门外摆起大排档，我每晚在酒桌间嬉闹，碰得满地空酒瓶子叮当乱响。老邻居们喝高了，就会把我揽到身边，用筷子蘸几滴白酒逗我，或者故意把啤酒花倒得溢出来，抱我在怀里说，"来，抿一口。"这时我爸就会及时上前阻拦，用自己替换人质，陪他们喝两杯。

我爸尤爱在酒后教育我，喝酒百害而无一利。我反问，"那你为什么还要喝？"我爸给出一个任所有男人都不敢不点头的回答：为了生计。我妈拆穿了我爸的谎言，说我爸十三岁就开始喝酒，从此一发不可收拾。东北有一种男人，不是黑社会，也绝非善类，在特定人群中享有一定威望，这种人被统称为"社会人"。我爸从小就不爱念书，终日在外打架斗狠，青春期进进出出派出所是常事。当年他身后跟着一帮兄弟，我爸靠各种途径赚到的外快请大家喝酒。因为他是家中最小的儿子，我爷爷宠他，多少个月的工资都用来给被我爸打伤的孩子赔钱也不忍责骂，导致我爸愈发肆无忌惮，直到正式进入厂子工作，才算有所收敛。

关于我爸混迹的圈子，我的童年里有印象深刻的一幕。刚上小学的冬天，我爸大半夜突然一个电话打回家，让我妈带着我去找他吃饭。当时已经十二点多，我妈听出他已经喝醉了，还是抵不过软磨硬泡，拎起仍在熟睡中的我下楼。那是一家小火锅店，就在家的院子对面。我贴在我妈的怀中半睡半醒，我爸跟七八个朋友推杯换盏，气氛很激昂，画面很虚幻。自幼我就喜欢观察大人们，但我始终没能猜出那些朋友究竟是做什么职业的，除了一个穿着警服的显而易见。多年后，我长大成人，对人世已经有些粗浅的了解，陆续从父母的口中听到，有人贩毒被枪毙，有人欠下巨额赌债跳楼自杀，那个警察因为参与震惊全国的沈阳黑社会案蹲了大牢。这些人，都是那个冬夜围坐在火锅店里的朋友。

当然，我爸喝酒也是有好处的。比如他醉后有一半的机会是欢喜

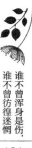

的，平时不苟言笑，酒醉后总是挂着腼腆且收敛的笑容，对所有人都比平日里宽容，话也多了。我自幼擅长察言观色，每逢此时，我都会先夸大汇报自己近日取得的优秀成绩或是奖项，然后再拐弯抹角地跟他要零花钱，他总会大方地赏给我所要数额的双倍。当我妈责备他要惯坏我时，他总会说，男人在外，就是要出手阔绰一点嘛，否则哪里来的朋友？

后来我才顿悟，我爸那晚拼命要叫我跟我妈去陪他，本意是想要炫耀。他有一个刚刚考上小学名校的儿子，和一个气质出众精通文艺的妻子。因为我妈的劝导，我爸在婚后退出了那样一个圈子，但在重聚时，依旧放不下曾经呼风唤雨的虚荣心。彼时他赚得还没有那些曾经跟在自己身后的人多，过得也没有那些人看上去在社会上风光，他仅剩下能够炫耀的，就是令人羡慕的家和妻儿。印象中，那晚是我见过他喝得最快活的一场酒，甚至令我坚信，酒一定是好喝极了。讽刺的是，作为世代酒鬼的孩子，十八岁以前我竟然不知道酒是何味。

高考前，我因病错过考前体检，学校要求自行补检。忘了是什么原因，我妈那天有事，换做我爸陪同。记忆所以清晰，是因为我自幼单独跟他外出的次数一只手就能数清。印象中他永远在忙，早出晚归，而我永远在学习跟玩耍，早睡早起。况且我也惧怕跟他单独相处，他总是不苟言笑，我总是小心翼翼。比如，我从小害怕打针，他非但不安慰，反而指责我不像个爷们儿，竟让我委屈到不知该如何反驳。但那天他却一反常态，说要给我做个示范，自己先抽了一管血。那是个年轻的实习护士，血抽到半管停住，说什么也抽不上来了，她反复戳了两针，还是不行，最后尴尬地说你们等一下，转头换来一个老护士。我心中后怕，刚刚要是换我先来，此刻早已晕厥在自己的尿上。这时我爸一边抽着他的后半管血，一边转过头对我说，花一管的钱，抽两管的血，赚了啊儿子！

记忆中，那是他此生唯一一次跟我开玩笑。说实话，我觉得还蛮好笑。

后来我才知道，那天我妈根本没事，是我爸故意要陪我去的，顺便检查一下自己的身体。但我不知道的是，他那时身体已经开始不太好了。他身材魁梧，留短寸头，就算早生华发也不易察觉。就是那样一个十年如一日的健硕身影，在我的心里，怎么可能会先于别人倒下呢？可是仅仅在三年后，他就因为急症过世，从确诊到离世只有两个月。

那两个月里，我一直陪伴在他床前。我从香港回来前，我妈没敢对我透露病情的严重程度，只说让我赶快回去，我爸很想我。那年我大三，因为少不更事，用着我爸辛苦赚来的钱在香港过着一段无度的日子，思来内疚，想着此次一定要给他买些东西回去，尽一尽亏欠的孝心。我相中一双耐克限量版的气垫鞋，因为他在上了年纪后特别喜欢穿走路舒服的运动鞋。想不到落地当晚，我在病房里看到暴瘦如骨的他，才得知病情的真相。我跪在地上帮他穿鞋，强忍着眼泪说，这鞋走起来很舒服的，等你好了一定要去外面试试。可惜，鞋已经完全穿不上，尺码是无误的，但他的一双脚已经因病肿成原本的两倍宽。

他把鞋拿在手里端详，苦笑着说，"嗯，挺好看的，儿子有心了。"

他人生最后的两个月里，跟我说了这辈子最多的话。关于他年轻时的很多谣传，我终于收获最为直观的原貌。由于病重，本来他已经没有太多力气说话，却因为我的好奇，越说越来劲，讲至兴奋处，甚至可以自己挺身从病床上坐起。我妈见状偷偷开心，鼓励我多跟我爸说话，乘机哄已经多日未进食的他吃点东西。果然他胃口大开，让我在病房里煮点粥喝，见到朋友送的海参摆在墙角，也不理会真假，嘱咐我切一点来下粥。我跟他就着口味怪异的海参粥，在单间病房里聊了一整个通宵。原来父子单独相处，并没有真的如记忆中那样可怕。那一刻，我从未如此迫切地想要跟他喝上一杯，但我们彼此心知肚明，那已是不可能的奢望。

记得抽完血那天，我爸带我去他最爱的一家回民馆子吃熘肝尖，要了一瓶啤酒。因为他的那个玩笑，我胆子壮了不少，放肆提出，我也要喝。我爸愣了一下，才低声说，你不能喝，说完给我点了一瓶"酷儿"。当时酷儿流行，卖三块五，比同类饮料贵了五毛，大概他认为那已经是对我的最高礼遇。一个十八岁的大男孩，坐在父亲对面喝酷儿，一点都不酷，甚至被隔壁桌的小女生笑话，于是闷闷不乐，饭吃得也不痛快。我爸看出端倪，他那天心情从始至终都保持得很好，笑着对我说，"别急，等你长成大男人了，再陪爸爸喝一杯。"

高考结束，我的成绩险些没过一本线，第一志愿落榜。我爸气得一周没跟我说话，每天在家喝闷酒。他生气是有道理的，因为现实太突如其来。我从小学到中学一路念的都是名校，我妈负责抓我的学业，我爸负责赚钱供读。高中三年，我因为早恋跟贪玩，成绩一落千丈，跌至年级倒数，我妈一直帮我瞒着，但凡我爸问起学业，我妈都说还好，所以在他心中，我一直是初中以前那个成绩出类拔萃的三好学生，就算失手落榜北大清华，起码也能考上人大复旦。他不理我，因为他觉得我跟我妈合伙欺骗了他。我更不敢理他，害怕留在家里跟他大眼瞪小眼。为排解郁闷，我就此喝下人生中第一口酒。

等待第二志愿录取通知书的日子里，我每天早早出门，随便上一辆公交车，跟上班族们挤在一起，一路坐到终点站，只为消磨时间。下了车已到郊区，我随便闯进一家小饭馆，点菜要酒。那时我才惊讶地发现，原来我的酒量很不错，大半天可以喝一箱。时间差不多了，我再坐上公交车返家，一个多小时的路程足够我醒酒，到了家也不会被鼻子刁钻的我爸发现。我们彼此都喝完属于自己的酒，像陌生人一样回到各自房间，等待难熬的新一天。不料半个月后，我被香港的一所大学录取，还因出色的面试成绩和高考作文全省最高分登上了报纸教育版的头条，转瞬从失意考生变成宣传典范。我爸终于又愿意跟我说话，自然得像从来未发生过任何不愉快。

送葬时，他的一位发小开车载我。那位叔叔跟我说，"侄子，你知道么，那段时间你爸逢人就请喝酒，有人问起你的高考去向，你爸就假装不经意地从屁兜里掏出那份报纸，给大家传着看，但只要有人说想拿回家去教育自己孩子，你爸就不同意，说自己就这么一份，还得留着，然后小气地要回来，叠好再塞回屁兜，继续喝酒。"

　　去香港读大学，天高父母远，我终于能够敞开五脏，昼夜不分地喝酒，灵魂里那个被禁锢多年的酒鬼纵情释放。为新恋情，为新朋友，为考试作弊成功，为失恋，为失散，为春雨秋寒，为一切微不足道又无处安放的悲喜，都可以喝到昏天黑地，人事不分。酒已经喝到再没有味道，变成像阳光、空气、水一样的需要，酒精成了我后青春期的毒品。即便如此，我仍找到欺骗自己最完美的借口，就是写作。因为我要写作，要调动情思，要酒。

　　也因为写作，我爸跟我之间的隔阂逐年加深。他认为我把这样一件不靠谱的事当人生理想是自毁前程。而我只需要对他不屑一顾，因为我们一年中只见面三两个月，忍忍就过去了。每逢寒暑假，我总是想方设法地跑去外地找同学玩，或撒谎说是学校的暑期实习活动，四处窜逃，逃避跟他面对面的互斥式的交谈。晚上我回到家，他总是一个人坐在餐桌前喝酒，只有一两只空瓶陪伴，对面空无一人。他的酒量一年不如一年，两瓶酒下肚，困意就会来袭。就算我刚在外面跟朋友们唱K泡吧饮酒无数，回到家面对他也依然能克制举止，不露马脚。曾有几次，酒劲上头的我也有过冲动想要坐到他对面，分一杯酒，聊聊心事，可每一次这样的冲动，最终都还是被我忍住了。最后一次有那样的冲动，就是在病房中彻夜长谈的夜晚，然而那时他已经连举起酒杯的力气都没有。

　　"别急，等你长成大男人了，再陪爸爸喝一杯。"

　　十八岁那年，他承诺过我的那一杯酒，最终还是没能等到。

我爸过世至今，多年世事历练，我自觉已不再是少年，有能力帮家里渡过难关，也有能力照顾好母亲，但我却始终没能摆脱对酒的依赖，每逢悲喜，总爱自己喝一杯，一杯下去就有第二杯，再几杯下去，醒来就是第二天。如今眼看快三十岁的人，酒量突然有天就大不如前，虽然离老去尚早，但也知道到了该为身体着想的时候，告诉自己，能少喝就少喝一点。

我也曾妄想，万一真能够戒酒呢？

回到沈阳后，我每周都去看望姥姥。我问姥姥，你跟姥爷因为酒打了一辈子，就没有想过什么法子劝他少喝一点？姥姥说，"你记住，没有酒鬼是能劝回来的，除非他自己不想喝了，不过说起来，为了让你姥爷戒酒，我还偷偷用过秘方呢！"我惊奇地问，"什么秘方？"姥姥说，"山东老家有长辈跟我说，在酒鬼睡着的时候，偷偷篦他的头皮屑下来，掺进酒里，骗他喝下，从此以后再见到酒，就会莫名其妙地反胃恶心，慢慢就再也不想碰酒了。"我惊叫，"这也太恶心了！那姥姥你为什么没能成功呢？"我姥姥大骂一声，"他娘个逼，头皮放太多了，漂在碗里全都是，被你姥爷给发现了！"

戒酒这种事对我来说，看来也只能是痴心妄想了。

我懂了，自己绝对算不上一个真正的酒鬼。因为只有在对喜怒哀乐无计可施时，才会想起喝酒。但对真正的酒鬼而言，酒是他们喜怒哀乐之外的第五种感情。

　　酒曾是我跟他今生交流的唯一机会，却被我们彼此错过。这些年间，我也常常会想，哪怕能够再有一次的机会，与他对坐，满饮此杯。可惜，我再没有机会跟他喝上这一杯。

　　早已参悟到人生些许悲苦的我，守着他曾经痛饮昼夜的酒桌，对面却空无一人。

　　当一切已成过去，我才开始想念你。真的对不起，亲爱的酒鬼。

Chapter 19
书店故事

抽风手戴老师

推门而入，腐纸浓墨尘灰扑面。

书架满满的排在不大的房间里，通透两室，窗户从一侧的墙上打通，淡绿色的玻璃，像京城旧房上的琉璃瓦。

靠着墙边，摆着两个鱼缸。

不是金鱼，是大黑鲤，长须如龙，墨鳞如蛇，隐在幽绿的水草里。

前台是个木柜，拿红漆涂了，但该是年月渐久，从下往上有了裂痕，如同人的掌纹。柜子正中贴着告示，写着租书的价格、还书的时间。字不是打印，是手写，笔锋冷硬，像刀砍斧凿。

顶上挂着电视，这可能是书店里唯一显得现代点儿的东西，但并不突兀，或许是因为它太旧了，旧得像是从墓里倒腾出来的玩意儿。电视总是开着，不放新闻，不放歌曲，专放武侠，金庸、古龙的电影连续剧。

用旧碟片。

有时候碟片划伤，卡了一帧，人物如同要从电视里跳出来，落在这个本没有故事的世界里。

屋里客人仅我一人。

至于老板，他就坐在电视的底下，木柜的后面。

他不抬头看影像，就是听声音，听刀剑碰撞，听人声马嘶，听黄沙漫漫，听万里独行。 木柜上总摆着厚牛皮纸做封面的本子，老板一笔一画在上面写，等过一会儿，挠挠头，想想，再继续。

写故事的笔是旧笔，墨水浑浊，留下故事的纸是旧纸，凹凸不平。

只有老板的手指好看，修长白皙，像是十指都在持剑。

老板爱讲故事，有时候有小孩儿拿来三两块糖给他，他也用心说出童话来，一块糖说一段。他也给我讲过故事，我拿苹果换来的。说的是少年出身名门，本该是天生富贵，但父母遭敌手陷害，死于非命。少年离家入世，习得一身武艺，成为武林高手。然后漂泊江湖，找寻仇家。

等斩下仇敌头颅，却又被人告知，你父母当年看似名门，实际男盗女娼，这人是为报仇才灭你满门，而如今你又杀他，这仇怎么解？

我问老板，"这故事收录在你所写的书里么？"

老板摇头，说不是。

这书里都是真人真事，想要听，就得拿好故事来换，拿真故事来换。

一个人只能换一次。

以物换物，天经地义。

但我未曾见识过故事换故事。

老板问我愿不愿换，我点头同意。

老板笑起来，说为表诚意，由主人家先开口。

他从柜台起身，缓缓踱步，走到鱼缸前。手指轻轻搭在边沿，像是一座拱桥。

鲤鱼一跃而起，尾垂水面，腾空翻身，在他手指上飞过，如跃龙门。

一、鲤鱼

高中同学聚会，灌多了酒。

七月底，燥热难耐，熟悉的几个同学嚷嚷着一起出去走走，要到河堤去，那里凉快。

说走走，其实还是去吃，所谓的同学聚会，无非是比拼大会，不如意的瞧着如意的眼红，混的好的显摆自己的牛逼之处，氛围在这儿，只能闷头喝酒，菜是半点儿吃不进去的。

只有和相熟的几个人在一起，才真正能放开。

在河堤上找了家露天的烧烤摊，几个人买好食物，沿着河堤坐下，脱了鞋，脚泡在水里，凉意浸透了身子，舒服。

有人喝浑了性子，说要下水游泳，然后就开始脱衣服脱裤子。一旁赶紧有人抱住他，说你喝多了，还记得游啊！

那位嚷嚷着说，"游泳只要学会一次，就是本能，老子这身本事是李鱼教的，扎下去三分钟不用起身换气。"

拖住他的人也喊着："李鱼教的怎么了？李鱼那是水生水长，还他妈不是淹死在水里。"

这话一出，大家谁都不说了，连之前说要下水的也默默站了回来。

忽然听见面前的水噗通一声响。

一尾大黑鲤腾空而起，溅起水花来。

"我说，哥几个，这别不是李鱼显灵了嘿！"

有人低声道。

我把身边的酒瓶拿起来，瓶口朝下，白酒咕嘟嘟洒在水里。

"李鱼，你也喝点儿吧！"

十六年前，我并不在北京。

那时候因为父亲去世，不得已寄宿在亲戚家中。

居住地是座古城，一江横亘，地分两半，江水滔滔，上衔白河，下流长江，水势豪壮。像我们这种北方孩子，很少有机会瞧见真正流动的大江大河。

亲戚是个好心人，千里迢迢从北京领了我过去，在当地的学校报了名。距离开学还有段时间，于是又专程带我在城市里转了转，顺便去瞧了瞧江景。

江面很宽，水远远看上去是碧绿的，走近了却发现极清，虽然岸边长着些当地称为"绿萍子"的东西，可并不脏。

正值夏天，不少人在江边，有的是散步纳凉，有的是下水游泳。

有几个孩子吸引了我的注意力，他们不是沿着江边修好的台阶下水，而是跑远了，站在高处，直接抱着膝盖往下跳。

大声叫一嗓子，然后坠入水里，像是小炮弹钻了进去。

胆儿大得惊人。

其中有一个孩子，皮肤黝黑，沾上了水以后，再由太阳一晒真是活脱脱跟身上长了层鱼鳞似的。瞧着他游泳，简直是种享受，当地人把游泳的泳读作"韵"的音，要说起来，这孩子游泳还真有股韵律的感觉。

不是往常见的自由泳、蛙泳，更不是狗刨，他的动作说不出来的舒展，不是他在划水，而是水托着他。

这景象让我这土生土长北方旱鸭子瞧了，真是心生惆怅。

亲戚家离着江边不远，有空我常去转转，但凡我往江边走，就一定能瞧见那游水的小子。没承想，这开了学，我俩照样能打一照面儿。

当着全班同学的面做了自我介绍，老师安排我搬了桌子找位儿坐下。

我瞧了眼坐我后排那人，正好是我在江边见着的那小子。

我是新来，想着应该先说话，打声招呼。

他却抢着开了口。

"嘿，老乡！"

后来仔细聊聊，才知道这位是河北人，从小在白洋淀长大，后来跟着父亲到了这里讨生活，也是投奔亲戚，从此扎下根儿来。

我对他说，"你游泳的功夫太棒，我不会，只有美慕的份儿。"

他笑着说，"想学？我教你啊！"

说实话，我应该感谢他，这是个典型北方性格的孩子，能说善侃，经由他的介绍，我很快融入了学校环境，也认识不少新朋友。但平常和他在一起玩儿的机会并不多，因为他住在船上。

我去过他的家，就是那条船。

两层，底层是货仓，上层是住家儿，吃喝拉撒都在那儿。

他爸就是打渔为生，原来在白洋淀就这样，一条船，一张网，就能活。等到了这边，虽然地方不同，但手艺相通，等做得好了些，又开始从事鱼货的批发买卖。

说起来这小子的爸也是个有意思的人，河北口音极重，谢顶，像条胖头鱼，张口闭口就是：这小子，跟他妈鱼一样！

也许是因为打鱼为生，再加上小子他爸说，这小子刚出生就全身黑不溜秋，滑啦吧唧，跟条黑鲤鱼似的。

所以他爸给自己凫水如鱼的儿子起了个名字——李鱼。

李鱼游泳的功夫，连他爸都夸。

第一次去船上吃饭的时候，他爸妈用铁锅炖了个大鱼头，又拿白酒出来，说喝一点儿，边吃边喝的时候，就讲起李鱼这小子来了。

说是李鱼七八岁的时候，刚搬到这儿不久，李鱼他爸带着他去河边搓澡。他爸先下去洗了，把孩子托付给在岸上的朋友。

但那朋友是个马虎蛋，把孩子放一边玩儿，自个儿又和其他人聊起天了。

聊着聊着，李鱼的爹上了岸，一瞧，孩子呢！

赶紧找找！

在水里呢！

七八岁的孩子，闷头不吭声地往江心游。

他爸急得直跳脚，大声喊："小王八蛋，快给我游回来！"

说着，也跳进江里。

李鱼本来自个儿游得好好的，这一声喊吓了他一跳，手脚顿时乱了方寸，头一歪，江水进了嘴巴和鼻子，这一下更慌了神儿，接连扑通，眼瞅着就要沉。

他爸一瞧，赶紧又喊，别动别动！浮着！

这会水的人都知道，其实人只要不动，平躺着就能浮在水面上，但前提是不能慌，越慌越乱，越乱越沉。可说是这么说，李鱼当时还是个孩子，能明白这道理么！

眼瞅着水咕嘟嘟冒泡，头顶都没进去了。

可没过几秒钟，跟打旋儿似的，李鱼嘭的从水里翻上来，直挺挺躺在水面上。

李鱼他爹手脚并用，夹着李鱼，拖到岸边。

抬手就是大嘴巴，抽得李鱼哇哇直哭。

连续收拾了半个小时，李鱼他爹的气儿才消，猛然想起之前沉水里的事儿，就问李鱼，"当时不都沉水里，怎么上来的？"

李鱼哭着说，"水里有旋儿，我往里一钻，就被扔起来了。"

他爹点点头说，"你是命大，你要知道，这淹死的都是会……不对呀，我什么时候教过你游泳了？"

李鱼抬着头，眼泪哗哗往下流。

"爸，我看着看着就看会了！"

李鱼他爹讲到这段，笑得前仰后合，倒是李鱼自己不好意思。

自己一个猛子扎进水里，半天又钻出来，手里捧着渔网，里面满是鱼虾。

李鱼，就冲这名字，也知道这小子跟鱼似的，一辈子要和水打交道。

要说他在水里的事儿，能说上三件大事儿，头一件是我亲眼所见，那是我们还在一起上学的时候，他闹出来的大阵仗。

城里码头虽多，但能称得上好的，却只有一个。

那码头底有台阶，上有看台，既能和姑娘从台阶慢慢游水，又能从高空跳水轰炸，所以对于年轻人来说，是绝好的去处。

但凡独一份儿的，都有地盘之争。

我们学校跟隔壁高中，一到放暑假，就要在江边干仗。普通打打闹闹也就罢了，这是真刀实枪地干，用塑料布包上鹅卵石，照着脑袋来一下，能出紫色的血包，体质稍微弱一些的，当场就有可能过去。

李鱼这种好水又好事儿的主，就是茬架的典型代表。

刚一开始放暑假，就跑码头上蹲着，朝江里撒泡尿，大有此江是我尿，要想从这儿游，留下买路财的意思。关键是你丫撒尿好歹看着点儿啊，不过我估计丫是成心的，那江里，隔壁学校的孩子正游着呢！

嘿，这一下捅了马蜂窝。

七八个人从水里钻出来，追着李鱼跑。

一个逃，一帮追，跑了有三四千米，李鱼沿着岸边一纵身，进去了！

追的人心想，天堂有路你不走，地狱无门你闯进来，好么，你以为就你会游泳？于是也跟着像下饺子一样进了江。

可他们不知道，这李鱼进了水里，那就是海阔凭鱼跃，连寻常点儿的鱼虾都不是他的对手，更别提灵长类了。

于是那群学生游着游着，筋疲力尽，游着游着，就往回掉头。

等上了岸，按人头数数，怎么少一个呀！

再一瞧，人在江里呢！伸着手要喊，一个浪来，立刻沉进去了。

这一下大家全慌了，叫大人的叫大人，打电话的打电话，可偏偏没一个人下水去救。其实这也不能怪他们，俗话说的，下水九（救）

人十个死。说的是两层意思，下水溺亡概率大，另外救人容易把自个儿的命搭进去。因为这溺水的人，但凡身边有个东西，就要抱死，这是求生欲望，怨不得他。可救人的就倒霉了，这一抱，自己使不上劲儿，也跟着完蛋。

花开两朵，各表一枝。

话说这李鱼正头前游着呢，忽然听见身后嚷嚷，定睛一瞧，岸边大呼小叫有人溺水了。

此时此刻，他是离着最近的人。

怎么办？

救呗！

就瞧着本来慢悠悠向前的李鱼，一个鹞子翻身，突然折返回来。您要是问这水里怎么鹞子翻身，我当然不能，可李鱼能。

两臂舒展，像是两根笔直的桨，破开波浪，只是三两下就接近了。

要说李鱼，还是厉害，他不像不懂行的人，直接上手就救，而是专门绕到溺水者背后，先用腿顶起腰，再用胳膊肘撑起那人的胸腹，让他先喘上气儿。

等他不慌了，再用臂弯勾住脖子，往岸边游。

打电话找的救援还没来，李鱼就已经带着人上岸了。

紧急抢救，对嘴呼吸，那人长喘一口气儿，活了。

第二天，那学生和家长一起找到了学校。

要说也是没良心，李鱼救了人，那学生家长反倒觉得责任在李鱼身上，"要不是追你小子，我儿子能下水吗？"

据在场的老师事后描述，别看李鱼那小子平时跟大家嘻嘻哈哈，可那时候，脸沉得可怕。那家长张嘴就骂，李鱼憋着嗓子也吼了起来。

"下水是小事儿吗！那是要出人命的！没想清楚就下水，没出事还好，真出事了，我能不救吗？您要是嫌我不该救，我再把他扔江里，您自个儿看他沉吧。"

这一下，把那俩人臊得脸红。

老师说，"嘿，李鱼这小子，和水沾上边，就成了龙王！"

这是我高中毕业前发生的事情，等我考回北京，渐渐就没了这边的联系。后来发生的两件大事，都是从同学或朋友口中得知的。

李鱼高考完之后，没有去上学，而是接了他爸的活儿，从事渔业。

要我说，其实这也不错，因为按照李鱼的个性来说，除非他去当个游泳运动员，要不然什么都比不上江上生活好。

李鱼游水的本事，不知怎么了，越来越好，连他爸都说，这小子快成鱼精了。

除了那帮子有事儿没事儿闲得无聊就找他下江的兄弟，还有不少听说他厉害专程找来的。比如有一次，来了一水产老板，也是李鱼他爸的老相识，他听说李鱼有能耐，于是专门求证。

他从船上拿出一条鲫鱼，在鱼身系上红丝带。

他撒手扔鱼，李鱼跳江捞鱼，要是能捞着，以后他给李鱼他爸出货，少百分之三十。

李鱼听了，"行啊，你扔吧。"

眼瞅着那鲫鱼唰的一声进去，他自己一个跟头也蹿了进去。

水面静了十来秒。

一条大鱼被猛地抛了上来。

正是系着丝带的那一条。

可李鱼呢？等了半天怎么还没瞧见？

背后脚步噔噔噔响，这小子不声不响从船尾爬上来了。

当然，这事儿传得邪乎，究竟李鱼是不是真捉到鱼了，我觉得夸张成分较大，可我接下来说的这事儿，倒确确实实是件真事儿。

凡大江大河，必有两样东西，一个是桥，一个是堤。

可这两样也有不太好的地方。

有桥则高，自杀的人多。

有堤则险，出激流出险滩。

李鱼掌了家里的船以后，就不再是在岸边小打小闹地捕鱼了，得往水深的地方去。恰好在他刚开始捕鱼没多久，城里出了自杀的事儿，有一个小伙子因为感情问题想不开，跳江了。

家里人哭天抢地。

既然是跳江，那就在江里捞尸首呗。

反正有堤坝挡着，也不至于被冲到下游去。

关于这捞尸，得再解释几句，临江临河容易出事儿的地方，总有所谓的捞船，他们不是寻常捞鱼捞虾的渔夫，而是专门打捞尸体的。

这种人往往开价极黑，有好一点的，是捞着了再换钱，有的干脆漫天要价，先给十万，然后再说。

这小伙子的家人就碰上了这么一茬儿，属于黑上加黑的，明明已经通过定位，找到尸体了，却不打捞，而是就把船泊在水面上，不动。谁想捞都不行，先给二十万再说。

那家本来家庭条件就不怎么好，再加上儿子去世，这一下更是没了经济来源，要拿二十万才捞？那估计身子都被鱼虾吃没了。于是一家人只得在岸边哭天天不应，叫地地不灵。

李鱼正好听见了这事儿。

也没言语什么。

当天晚上，把船远远停了，自己划了一只小船，带着挂杆、捞绳、渔网，悄无声息地下了。

第二天，家属发现尸体已经安安静静摆在岸上了。

李鱼分文没要。

有人夸李鱼胆子大，仗义，摸黑下水捞尸，这不是一般人敢干的。

但有人说，这水里死的，是龙王爷要的人，李鱼敢捞，这是找死！这大概是被李鱼断财路的捞尸人所言。

可就连李鱼的老子也有意见，这事儿到底是积德还是缺德，还真不好说，但千万别再干第二回了。以后只打鱼，别再多管闲事。

遗憾的是这话李鱼很明显没听进去，要不然也没有最后这一茬儿。

李鱼在的城市和北方不同，到了秋冬，就是湿冷。

像冰锥扎肉，钻心。

那时候本该歇渔，上岸休养生息了，可李鱼仗着水性好，专往堤坝开船，那儿水深浪急，还藏着大鱼。说起来也怪，这鱼就跟跃龙门一样，偏偏要往堤坝上冲，趁着风大，一个浪头就能翻过去。

大概是晚上七点半，李鱼吃完饭，准备捞最后一次夜鱼。

船摇摇晃晃准备过桥，李鱼鬼使神差地抬头看了一眼。

桥栏杆上坐着个人！

他怕自己看错了，赶忙把他爹也喊了出来，问，"这人是不是要跳啊？"

李鱼他爹一听这话，心里咯噔一下，赶忙说，"儿子，这事儿咱可不管啊！"

正说着，人从天而落，掉进水里了。

李鱼光着脚板，就往前冲。

李鱼他爹哎呀一声，伸手要攥他胳膊，可惜没攥住，李鱼还是进了水里。

过了十来分钟，李鱼抱着个女人，扔到了船上。

他已经冻得浑身哆嗦，嘴唇都发紫。

女人呜呜地哭，嘴里叫着孩子。

李鱼听了，咬着牙根，喊了一嗓子，"我肏你姥姥！"

翻身又进了水里。

这一次，不像是李鱼上高中时披荆斩棘破风开浪，也不像是下水捞鱼悠然自得，更不像是夜晚潜水行侠仗义，李鱼的身子被浪裹着，只一下，就翻过堤。

再也没有露头。

李鱼的事儿，在当地的报纸上有所反映。

给了个豆腐块，大概是说下水捞人不幸死亡，但大多数人都把目光集中在孩子身上，说孩子没救起来，真是可惜。

就连那带孩子一块儿跳水的女二百五，也就说声谢谢，再没出现。

我听说这事儿，已经是三个月以后了，急匆匆回去，找到了李鱼的爹。

在他们家，也就是那条船上，他爹一边抽烟，一边指着李鱼的牌位给我看。

那牌位也立在船上，随着波浪一晃一晃。

"那小子！我没抓住，身上滑溜得很。浪一打，就跃过去了。"李鱼他爹流着眼泪说，"跟他妈鱼一样！"

老板用手指轻轻抓起鱼食，丢入缸里。

黑鲤浮出水面，咬住，转瞬沉入水底。

我沉默半晌，小心翼翼问道："李鱼这人是真的吗？"

话音刚落，我自己倒是恼了，写故事讲故事的人最怕听到这句，即兴创作还好，若是有任务原型的，此话一出，反倒是亵渎了。

老板听了也不生气，只是平淡问我，怎么看李鱼这人。

我想了想，回答道："俗世奇人，游泳奇，性子也奇。但他是个好人，这个世道上，敢做好人的，都是侠客。"

老板笑了，说，"你懂我。"

正说着，前台上方的电视突然发出一阵刺耳的吱吱声，屏幕画面人物动嘴动手，却再无声响传出，兴许又是哪里坏了。

老板皱着眉，拍拍电视。

我说，"没事，这大概是个哑巴剑客，喉咙被仇敌所伤，又或者为自己所残。"

老板扭头看我。

我说，"你讲了个好人的故事，那我就讲个恶人吧。"

二、蛤蟆

第一次听到田蛤蟆这个名字，是从长辈口中。

我父亲那一圈的朋友，偶然聊起一桩上世纪九十年代末的"黑事"，做这事的人，就是田蛤蟆。以实话论，我父亲记者出身，三教九流的朋友很多，田蛤蟆就是其中一个。

还是下九流。

九十年代，气功骗子假药，这是市场坑蒙拐骗的主体。尤其是假药，有的忽悠着竟然就成了正规品牌，甚至敢光明正大地在电台做起广告来。我父亲所在的单位，也接过这样的广告单子，客户是一家做药磁鞋的，老板东北人，见谁都叫哥，称呼自己总是弟，碰面就握手拥抱，恨不得学老外在脸上叭叭亲两口。

当时药磁鞋老板找到我父亲，说是想做广告，可谈了谈，我爸觉得风险太大，婉拒了。

因为做这类药疗性质的产品，老板往往要请托儿演戏。就和现在咱们在电视上瞧见的一样，一个假教授忽悠着说产品好，然后观众席上冲出几个老年人，嚷嚷着"这玩意儿神哪，我腰酸背痛腿抽筋儿这么多年，嘿，一用，好了！"

电台没有大屏幕，是用广播渠道，但也可以如法炮制。

猫腻有二。

先找来一嗓音浑厚的中老年男人，自称老中医，某某大学中医院学医多少年，然后再说今儿广播免费坐诊，听众可以打来电话询问病情。

这听众电话是捣鬼的第二处，十个电话，至少有七个是串通好的，前五个串好词儿，说如何如何病症，医生也侃侃而谈，有名医风范，紧接着来俩电话，哭天抢地说要感谢医生，"就是您这东西治好了我啊！"最后三个电话，普通听众听见，嘿还挺有用，打一下咨询电话，于是就上钩了。

说白了，就是骗！

我爸不愿意接，可耐不住其他人眼红。

因为这药磁鞋的老板广告费给得高。

九几年，那还是五块钱掰成两份儿花的时候，一下子投二十万，做满六个月！

这边流水，那厢开花，台里其他人就把这茬儿应承下来了。

可接广告的人想不到，这老板能骗病人，难道就不敢骗你这电台吗？老板先是交了三万，说是定金，你做六个月，我再交其他。于是电台开始找素材，按照他们的要求搭演员，最后播出广告。

广告播了，时间到了，钱不交了。

去找老板，老板闭门不见，当初做广告前叫你大哥，现在二话不说滚犊子吧。

患者也找到电台，这听你宣传买的药磁鞋，可是没用啊！

当初接广告的负责人好说歹说，终于在店里见了老板一面。

"那你告我去，反正你们是跟我合伙一起骗，你去！告我呀，连你一起逮！"

给这台里的编辑气的！

可还真没辙，要找了雷子，这事儿捅炸，估计自己饭碗也得丢。于是他四处求人，也求到了我爸这里。

我爸一听，就说，恶人还要恶人磨，我给你介绍一人，你去找他吧。

星期六的大中午，药磁鞋门店的敞口，来了位大汉。

黑衣黑裤，黑面黑须。

气定神闲站下，用手解开上衣扣子，手指从小腹开始上抬，直到大拇指一侧贴着胸口，单伸出一食指，这是北京老爷们儿典型的骂人方式，像是用手指从胸口往外掏词儿似的。我琢磨应该和声乐里的胸腔共鸣法有异曲同工之妙。

来的人正是田蛤蟆。

他身高七尺，相貌平平，但上体巨大，圆眼宽嘴粗喉，是个天生的大嗓门儿，就和荷花池子里蹦跶的蛤蟆一模一样。这田蛤蟆只要一开腔儿，那就是污言秽语，说来就来。有时候他张嘴骂人，你都忍不住叫好，因为他能给你骂出花儿来。能用评书腔骂姑奶奶，能用大鼓书唱八辈儿祖宗。

田蛤蟆站在这药磁鞋店门口，一张嘴，这可就不得了。

和天桥杂耍差不多，人山人海围得水泄不通。

药磁鞋店的员工一看，这还了得？仗着人多势众，就准备出来揪人，打得你丫闭嘴不就得了？

嘿，没承想，刚冲出去，田蛤蟆跑了，双腿一蹦跶，眨眼就没影儿。

等员工回了店里，田蛤蟆不知道从哪儿溜出来了！

深吸一口，又骂开了。

再后来，店里干脆派了俩人站在门口，只要田蛤蟆出现，就拿下揍人。

这田蛤蟆干脆就站到街对面去了，反正嗓门儿大，遥遥一指："诸位，那家店哪！你们听我说……"

得嘞，一连七天，生意全完了。

老板服软，主动找到台里，说我再给您七万，凑个整数，这事儿咱俩各退一步，拉倒得了。

此间事了，田蛤蟆独得五千。

生财之道，全在嘴上。

听人提起过田蛤蟆原来的经历，这人从小嗓门就大，按照单田芳老爷子讲评书的习惯，咱们得选用几段典型事例，表一表他这大嗓门的厉害。

首先是他出生的时候，田蛤蟆这人是棉纺厂的子弟，当时东院是医院，北院是住户。田蛤蟆的妈妈就在厂医院生的他，据说刚生出来的时候，他张嘴哭出声，满楼的人都能听见。

甚至他那还在北院家里等消息的爷爷，当时也浑身打一激灵。

"生了！是一小子！"

嘿，我听他们讲这段的时候，心里憋不住笑，北院家属区距离医院的直线距离有五公里，这田蛤蟆肺活量得有多大才能把他爷爷都给惊着。

但总之，是了解了他这嗓门，从小就大！

据同时代的人反映，其实田蛤蟆从小挺苦恼他自己这大嗓门的，就拿上课来说，其他孩子交头接耳没问题，反正压低声音，确实老师也不怎么管。

可他不一样啊！

"有吃的么？"

一声问出来，比老师讲课的声音还大。

考试做题，不会了想偷偷问问，努力憋着嗓子。

"第三题选什么？"

全考场人扭头去瞧。

他憋嗓子的声，已经相当于其他人铆足了劲儿嚎一气儿了。

学校有声乐老师听说了他的事儿，找来让唱唱歌，说是培养个男中音男高音什么的。

没承想，听完以后，老师捂着耳朵，头摇得跟拨浪鼓似的，说这孩子嗓门儿确实大，说话跟自带扩音器一样，可要培养音乐家，还是算了，音质不行，劈叉了。

许是声音太大，掩盖了声音特质，和大智若愚一个道理。

这话听着，也不知是贬还是夸。

最后，老师还加了一句，这孩子一说话，就是满池子蛤蟆都比不上他。

说者无心，听者却都记住了。

一个诨号——田蛤蟆，从小就加在了他身上。

对于有特点的人来说，他的特质或许会吸引人们，比如激情、天分、努力、勇敢等等，可要是这份特质只是怪异的表现，那么人们只会远离，带着看怪物的心情去瞧，比如嗓门儿大。

田蛤蟆就是这样的人。

一个带着喜剧色彩的悲剧人物。

没有人愿意和他玩儿，因为他嗓门儿大。

从小被叫那样的外号，要搁我身上，我也难受。

没有朋友，自然孤僻，容易自暴自弃。

胡天胡地，不想上学，不是不想学，是因为不想被嘲笑。

田蛤蟆应该也努力过，他当过公交的报站员，做过电影院的报幕，甚至哭丧，他努力把自己的特长从坏处变成好处，他努力找和声音有关的工作。可是事实并不如意，因为哪怕是下乡给人家哭丧，也得声情并茂，不光是图嗓门儿大。

到最后，可能人们唯一能想到的就是操场集合，一群学生乌央乌央的时候，让他喊上一句：肃静！

没了。

田蛤蟆的剩余价值就这么多，人们所能想到的唯一正面影响就是这个。

这真是个悲伤的故事。

直到田蛤蟆有一次在餐馆吃饭，和人吵起来，嚷得全饭店人都跑了。

饭店经理捂着耳朵塞给他五百块钱，说您爱去哪儿去哪儿吧，求您别说了。

上帝为他关了门，却又开了一扇窗。

这比喻当然不恰当，可对于田蛤蟆来说，如同当头棒喝。

大家都不爱听我说话，那就掏钱让我闭嘴吧。

从此以后，田蛤蟆的道儿彻底走歪。

去打麻将的茶馆坐坐，站人背后猛喊一声：胡了！

吓得那位差点儿心脏病发作。

偷偷蹲牌窝门口，喊一嗓子，警察来了！

腾地整个屋子都炸了，哭爹喊娘抱头鼠窜，二楼哗啦啦声音响，有人直接从窗户跳下来，哎呦一声摔倒在地，腿都断了，还闷着头跑。

茶室老板苦着脸塞红包，爷，求您别喊。

整个街道，一连数家，跟收保护费似的。

某某饭店和邻居餐馆有矛盾，雇田蛤蟆骂上一通。

对面也学会了，高价再请田蛤蟆骂回去！

最后两边达成协议，绝不率先使用大规模杀伤性武器田蛤蟆。

但这样一来，也就意味着田蛤蟆开始进入姥姥不疼舅舅不爱的状态，就像他给电台做业务，去店面前骂人一样，是个丑角儿，大家一想起田蛤蟆，就会说，嗨，那就是个靠骂人吃饭的，混蛋，地痞，流氓……

这评价一直持续到田蛤蟆再也不能说话为止。

　　大概是 2000 年初，田蛤蟆接了一个在丰台骂街的活儿，委托这活儿的是一小区的业主，因为邻居老是大半夜开音箱，音量调最大，他屡屡上门投诉，邻居也不改变。后来听说了田蛤蟆的事儿，不得已花了一千大洋，祭出这尚方宝剑来，斩妖除魔。

　　对面也是个浑不吝的主儿，你要骂是么，行，爷等着。

　　田蛤蟆从早上九点开始骂起，邻居从开骂那一刻，开始打开音箱。

　　俩人战了一天，一直到晚上九点，整个小区的人都受不了了，咣咣咣砸门，逼着对面邻居再也不开音箱，又让田蛤蟆立马闭嘴，这才算了事儿。

　　这经历，田蛤蟆也少碰到，算是业内劲敌。

　　熬到大晚上的，他赶紧骑着电驴子回家。丰台在城南，严格来说部分地区已经接近我国郊区现状，那是 2000 年，不少地盘儿还没开发，常有刑事案件发生。都是荒地和野林，过了七点以后再走这条道，心里不自觉就得加快几分。

　　那晚上也不知道是有预感还是怎么的，田蛤蟆觉得自己嗓子一个劲儿发紧。

　　等行至朱家坟一带，风声呜咽，还似有人声。

田蛤蟆停下电驴子，侧耳倾听，是真有人在说话，一女人在喊，哭叫。

他皱着眉，四下望去，终于发现东侧地里黑影晃动。他按了两下电驴子喇叭，调转车头灯，一瞧，仨大老爷们儿正抱着个姑娘。

田蛤蟆暴喝一声：干嘛呢！

那几个人一听，拽着姑娘就往深处跑。这下情况就很明了，遇见歹事了！

田蛤蟆一骗腿下了车，抬脚就追。

一边追一边喊，下意识要掏兜拿手机，结果头前俩人停下，直接把他扑倒在地，手机也不知道到哪儿去了。只觉得脖子一热，拿手一摸，热乎乎的。

他躺在地上喘气儿，那俩大概是以为他死了，于是离开田蛤蟆，又开始跑。

过了一分钟的时间，田蛤蟆挣扎着站起来，嗓子突突的往里灌凉气。他用手摸索着，觉得自己能把手指塞进去。

疼！

但他仍然大声喊。

四下毫无人烟景象，田蛤蟆也不知道自己这叫声能不能被人听见，但他不敢停，他怕一停，姑娘就真没人救了。田蛤蟆头一次感谢爹妈给他生了一副好嗓子。

他模模糊糊瞧着前面的黑影，开始喊。

声传百里，音震四海。

直到他倒下。

事件的结局，是听田蛤蟆的邻居说的。

他指着自己的喉咙，逢人便讲："这儿，知道么，开了一大口子，跟风箱似的。现在给缝上了，但是精气神儿泄了，再也没声啦！"

"田蛤蟆！这份儿的！"

可这邻居老拿手捂着脖子，到了我也不知道田蛤蟆到底是哪份儿的。

姑娘被救了，因为听到田蛤蟆喊声赶来的，竟然有数十人，要这么算，丫那嗓子简直赶得上移动电台了。

据亲历者后来回忆，田蛤蟆倒在地上还一直喊。

喊的不是救命，是救人。

还有人说这辈子没听过这么豪壮的声儿，像项羽力拔山兮，像张翼德喝断当阳桥。

说这话的人大概当过捧哏。

具体情况到底怎么样，都是从旁人口中得知的，只有田蛤蟆什么都没说。

他也开不了口了。

或许开不了口，对他也是一种解脱，人们经常能见他托着收音机，四处溜达，但性子还和原来一样古怪，走到人前，突然把音量扭大，裂开嘴，无声笑笑，又走了。

我想，田蛤蟆的嗓门，大概也是老天赐下的才能，他拥有这嗓子，就是为了等待救人的机会，等救完以后，老天爷又把它收回去了。

我想，在那个夜里，在那片荒地里，一定满满都是嚷着救人的蛤蟆。

不知道什么时候，电视机又传来了声音。

还是一如既往的武打戏，刀剑碰撞，乒乒乓乓。

我问老板：田蛤蟆的故事，你信吗？

老板指指电视，笑着说，侠客不只在那里。

他走到柜台前，拿着笔在本子上开始写起来。我没有告别，安静地走出了书店。

或许不久以后，还会有另一个人来这家书店，与他交换故事，讲一讲现实里的侠客，论一论故事里的英雄。

Chapter 20

一场好梦

刘墨闻

从今年的三月到现在，我一共瘦了十二斤。我把这个消息公布在朋友圈以后，除了"一方有难，八方点赞"的损友党，大部分女孩子都是来求教程的。我知道你没有这方面的担心，因为你和我一样，是个怎么吃都不会胖的怪异体质。不同的是你是女孩，这值得你炫耀，我却不行。

你有许多值得炫耀的东西，你的耐心，你的执着，还有你的好脾气，这些优秀的性格让你一直活得非常有质感，你不同于其他女孩，不习惯对感情有依赖，不依靠外界找存在感，并且只相信紧握在手中的东西。或许这就是我当初喜欢你的原因吧。

感情这东西在时间面前很渺小，无论回忆给了它多么盛大的包装和加冕，也只能任其宰割。因为面对的不仅仅是流逝的考验，还有载体本身对它的筛选。就好像刚刚接到你的电话，听你痛哭了半个小时以后，我居然会是如此的平静。我真的没想到闹到最后，我们的关系竟和路人别无二样。我们没有在一起过，但还一直是朋友，可是仅对于朋友来说，你我之间的缘也接近于萍水之份了。

通话末尾你问我："以后你要是有了恋人，我就不能这么和你打电话了，对吧？"

"是的。"我斩钉截铁地回答，态度硬得像是拒绝电话推销的工作人员。

随之而来的是你浓重的呼吸声，我听得出那叹息由意料之中的沉重包裹着一部分失望，卷在一起丢给我，随后你道了一句平常的谢谢，说"有空来我这边玩"。我一时语塞，挂掉电话后，脑海中翻滚出许多和你在一起"玩"的日子。

我们相识的时候是大三下学期，所有人铆足了劲为大四实习做准备，只有我们俩还不紧不慢地看电影，打羽毛球，天气热的时候，坐在图书馆门前的长凳上喝食堂一楼的木子铁，看人们急匆匆地在图书馆里来回奔波。

和你相处的那段时间真的是特别舒服，两人莫名契合的习惯和行为感知，似乎早就剥夺了你我之间的界限。我陪你采购拿重物，你陪我买书听讲座，我们一起跑步，玩一款傻傻的游戏，吃完饭去下沉广场吹凉风。

这样的舒适，不断地将我拉向你，一步步不可逆转，一阵阵窃喜连连。

可即使我们的所有话题都巧妙地避开了工作，毕业，或是有关分别的这些词汇，这样舒适的日子也并没有持续多久，就被随之而来的大四打断了。

一批穿着朴实的父母带着自己的孩子在学校里留影，新生们用充满期待和警觉的目光打量着我们。老师们开始分组带毕业创作，每个人都攥成一个拳头，准备向论文发起冲击。我们终于不得不收起冠冕堂皇的逃避，正了正衣襟，踏进大四的紧张期。

你问我开题报告这玩意儿应该怎么写，不忍心让你失望，也不想放过任何一个可以在你面前表现的机会，于是我花了一个晚上在电脑前整理资料，下载案例，学习，仿照，修改。迎着第二天的朝阳，好像是拼凑一幅你笑脸模样的拼图，将报告一点点拼接完成，最后一遍检查后按下保存的刹那，你完整的笑脸印在屏幕模糊的字间。

说实话，我早就忘了后来你高兴的样子，只记得电脑那头的你打了一大串感叹号和感谢，那使我很满足。也是从那个时刻开始，我在心中告诉自己，我们毕业应该去一个城市打拼，我应该和你一起流浪。

于是我每天都在地图上寻找，找一个适合你也适合我的城市。一个非常傻的行为，我却分析得甚有趣味。哪里离我们的家都近一些，哪个城市更适合人居住，哪里的工作和我们的专业对口。我一个圈一个圈地画上去，像发生战事的据点。

于是反击战就这样开始了，接来下的日子里，我每天都扎在图书馆和工作室里，找资料查文献，画图找灵感，一个人对着四五台电脑做设计，不停地做。所有人都放学了，在 C 楼教室的玻璃外面看着我，怀揣爱意的笑，有时候上完晚课朋友敲敲玻璃，指指手表示意我已经很晚了。

后来论文三审时，我的论文被放在学院的群共享里当做范本，而我的毕业设计也是应届的全系最高分。当然这些事情你无从知道，我曾想过把我为了和你在一起而准备的这一切告诉你，可还没来得及，故事就终结于此了，就好像战争一旦开始，就没有办法很好地收场，感情大多也是如此。

那一晚我走出 C 楼已经深夜，脚步声孤独清脆，我却感觉特别踏实。突然天空中有烟火出现，远处传来一阵欢呼，好像有人故意起哄，我带着好奇大跨步就去了，走到人群外围，目光穿过人墙，一眼就看见了惊慌失措的你，而你的面前，还有一个单膝跪地、手举玫瑰的男孩。

你也看见了我，目光中有些难以解释的慌张与尴尬。最后在众人的欢呼中无法下台，只得接过了男孩手中的花。

人们开始欢呼，甚至还有破音的鬼叫，灯光暗下，世界里只有我们两个人是对视，你脸上没有惊喜也没有幸福，我强挤出一点笑容，佯装祝福的模样鼓了鼓掌，便狼狈地慌忙退出，好让一场惊喜可以拉上完整的序幕。

我记得我很久没有那么难过了，一整夜我都在摆弄着手机，希望从你那儿知道一些什么，或者是期待你和我解释一些什么，脑袋不受控制，感情指挥着逻辑进行推理，给你编织了"骑虎难下""怕拒绝会伤对方的自尊"等等类似的理由。直到天光大亮，在一片失望中昏睡过去。

醒来时，是你的未接来电，我佯装平静地回过去，你也确实像我说的那样和我解释，接过那束花，也只是为了当时可以圆满地收场。听到这番话，我几乎要从床上跳下来。因为这样的解释足以证明，你和他仅仅是现场直播的逢场作戏，而你却更在意和我之间的关系。

像是沙漠中迷路的人看见了一座村庄，绝望的疲惫得以缓解，步伐又变得稳健有力。

但是之后的日子里，那男孩一直没有放弃，他总是活动在你的周围，总是在我寻找到你的前一秒先找到你，缠着你。我开始生气，甚至要求你粗暴地支开他，而我们那时并没有确定任何关系，我们还因此吵了一次架，真是没想到我们会为这样无聊的事情而红了脸。最终你接受了我无理的要求，屏蔽了与那个男生的所有联系。但是，我们确实因为这次吵架，而有了隔阂。

学校招聘会的前一天，我看着作品集自信满满，想问你准备投哪里的简历，准备去哪个城市生活。电话里我们约在女生宿舍楼下的过道里。我走到那时，看见你站在过道的门口尴尬地维持着和那个表白男生的对话，你看见我以后，主动挽起我的手臂，似乎向他宣告着什么。我礼貌地朝着那个男生笑笑，自知笑中带有一丝轻蔑，虽然幼稚可笑，但也确实在心底暗爽许久。

学校并不是很大，过道里也还有共同认识的朋友，我们在注目中离开，我目光如炬，扫开一条路。可是出了过道，你就松开了挽着我的手。我有些意外，也没有多问，有一句没一句地聊着。

而最想问的那一句："你想去哪儿？"我却不知道为什么，一直没有说出口。

离别的日子里，时间撕扯着我们的快乐，居然没有一场的欢笑是踏实的。

我们吃的最后一顿饭，选在一家人极其少的日本料理，我们都心不在焉地胡乱点了一通。菜很久没上，我们也不急着催，菜上了一桌，我们也不急着吃。东西参半地聊着，我忽然意识到这一幕虽然无数次地发生过，但今后可能不会再发生了。我们好像有很多时间可以相处，又好像这是仅剩下的几个小时，我要把握每一个可能说话的机会，一分一秒地，紧张地，珍惜地，数着过。

后来我们开始一杯杯地喝清酒，喝到最后眼神模糊，言语不清。你好像哭了，又好像没有。迷离中你叫着我的大名，你说："墨啊，我是喜欢你的，可是这种喜欢有太多自我克制，因为我知道你不会跟我回家，而我只想当一个小女人，想在父母身边，不想远走，只要平平淡淡的就够了，不想太累，也不想追求太多……"

而我想都没想就开口说："我可以和你回家啊。"

那一刻你笑了，笑得特别开心，梨花带雨。但是我看得出那笑容背后的东西，你似乎也了解这一时冲动说出的话，需要付出多少去实现，所以你的笑还是由兴奋夹杂着失望混合而成。这笑容，好像扎开了我心里的一个包袱，将自认为收拾好的情感全流露了出来，我泪眼婆娑，竟难过得发不出任何声音。

你走的那天我没有去送你，我想过给你一个结实的拥抱，想过在车站看你从车窗里朝我招手，可你是知道我的，向来不喜欢离别的人，又怎么愿意面对离别，于是我又喝了一场大酒，在昏睡的梦中，逃避着你的离开。

后来我去了深圳，一个离你说远不远、说近不近的一线城市。两

年后的七月，我去你家附近的城市出差。我父亲是知道你的，所以他半开玩笑问我到底是出差，还是去找你。我笑着说，都过去这么久了，怎么可能是找。因为我毕业后一直单身，所以父亲不肯放过每一个可能捕捉我"花边"新闻的机会，他问我们为什么最后没能在一起。

我就说你想回家，而我不可能去你家啊。我告诉了他看似敷衍却也是最真实的理由，电话那头的父亲沉默良久后，居然问你家那儿的房价贵吗。我吓了一跳，心想坏了，老爸这是认真了，不知道怎么往下对话，就假装大男子主义地说："爸，我是不会丢下你们倒插门（入赘）的，我会好好工作……"

父亲打断我说："不是，你误会了。我的意思是，咱们全家搬过去。"

我为之一颤，开口却打趣道："爸，莫非这就是传说中的'买一送二，倒插全家'吗？"

我的父母是万千大众中最普通的那一款，安分守己一辈子，老老实实工作，踏踏实实做人。攒了一辈子积蓄，供我念书，余下还打算帮我置办家产。

他们来南方时，我带着他们东走走，西看看，老两口开始还有些精力，后来便全然没有新鲜之感，每天可活动娱乐的时间，满打满算也就四五个小时；超出这个时间，他们就很容易显出疲态，所以我再有心带他们多玩玩，也只能根据他们的状态来，既然到处玩累，那索性就多尝尝这儿的美食。

我父亲口重，南方菜不是很得他心意，吃个新鲜还可以。我母亲虽然是电机工程师，但是行业不景气时，她也做过一段时间厨师，想从她嘴里讨个客套话容易，讨个好评还真是难。但是在一起的每一餐，他们都吃得高兴，聊得尽兴，那我的目的也就达到了。

可是有一次吃过饭后，我在结账时等发票的间隙，无意中回过头看他们。我的父母像迷了路的两个小孩子，他们对周围的一切都感到陌生，茫然四顾地看着周围的一切，不安分地把目光东西挪动四处安置着，最终选择了一起望向窗外。

我忽然觉得那么难过。是啊，这是你所在的城市，这儿的天气，这儿的新闻，他们第一时间都比你熟悉，因为你的存在，他们才对这座城市充满了好奇，但是当你真的要他们来到这生活时，那便又是另外一种状态了。

长春的夏天有过堂风，或者说长春一年四季都在刮风，所以空调的用处不是特别大，在深圳时我父亲每天都不敢出屋，看见楼下有人顶着三十多度的太阳遛弯，就觉得南方人真是太厉害了。我陪老妈逛市场的时候，正好撞见了两个人操着不同地方口音的粤语吵架，回来的时候她问我，那广东话我能听懂几句。我坦白说，地铁报站的都能听懂，但必须是罗宝线。

在南方的许多日子里，他们两个人经常是窝在家里，看电视，吃饭，重复以往，再来无数遍。可若是在东北老家，他们大可寻上三五同事好友，麻将打上几圈，再一起吃顿好饭，闲暇时乘着凉风，踩踩夕阳，喝喝酒，溜溜弯。作为子女，自知受恩太重，你说我怎么忍心要他们为了我一己之欲，而舍弃他们几十年来的习惯呢。

我忽然想起离别宴席时你的那一笑，那夹杂着感动与无奈的笑。我才读懂那笑容里含着的，是怎样的期盼与遗憾。你的家乡也是一座小城，但是我进不去，你也出不来，我们都没有办法为彼此多往前迈出一步。

旁人说，你们啊就是不够爱。是啊，不够爱，却是足够理智。回想刚读书的那几年，我们诚实得一无所有，每一样东西都可以拿来典当周济感情，每次回血后都能再来一次奋不顾身，可感情是消耗品，没人能靠鸡血赢得最后的圆满，终于都被生活拖着走，在一次又一次的被动失去中，打回现实的原形。长大以后，连痴人都变成了感情奸商，也学着议价、分配，或是平衡。我们都是这个时代的病人，是夹缝中求生的平凡年轻人，面对着所有人都面对的问题。

我一个深圳本地的同事给自己妹妹介绍男友，小伙子是湖南的，各方面条件都不错，结果姑娘却说："哦，北方的就算了吧，离得太远了。"大家听后聚在一起笑。

你看，我们总想着把事情的风险降到最低，尽量避开一些不可控因素，好让爱情能多一些胜算，却忘了对一份感情的执着，才是大的胜算。所以我们怕，怕那个我们因为冲动而做出的选择，最终会被现实淹没。

工作以后，我也接触过一些女孩，有向自己示好的，也有自己感觉不错的。细细接触下来，记忆犹新的却是我对自己变化的后知后觉，原来和孤独这东西相处久了，也会产生依赖，一个人活得像一个世界了，当有人突然走进来反倒觉得不适应。于是悄悄地展示出一些笨拙与疏漏，在心里凿开一个洞，想放对方进来。尝试再三，两个人却总是对不上频率，以失败告终。

你想循序渐进地去依赖一个人，故事一开始却发现自己比从前更独立。工作需要经验，人生需要累积，爱情何尝不是如此呢？你需要经过伤心、无奈和失去，才能懂得一点宽容、忍让和珍惜。理想可求而不可遇，而爱人可遇而不可求。

前些日子陪朋友去澳门，晚饭后无聊散步，在广场口看见一个由老头组成的乐队，周围挤满了人。一个国外的白胡子老头，憋红了脸努力地吹着一个崭新的萨克斯，他换气的时候我可以清楚地看见他的牙已经脱落了很多，已经开始漏风走音，旁边的两个老头一个哆哆嗦嗦地弹着吉他，一个敲着零碎的架子鼓。

说实话，他们的表演很业余，谈不上精彩。但是他们忘我、享受以及投入的那种感觉，却深深吸引着我。

　　我想起一个已经当妈的人和我讲述她独自一人打拼那几年，总想着能靠结婚救赎自己，以为有家了，就真的有依靠了。哪知道真正结了婚有了孩子以后，每天也只是看着嗷嗷待哺的宝宝，面对着鸡毛蒜皮的琐碎，早出晚归，披星戴月。剩下的日子也就是慢慢变老，看着宝宝长大，离开自己，然后安安静静地等死。这一下就望到了头的日子，实在是一种安逸的失望，甚至是绝望。

　　他们说婚姻和孤独，坚持久了都会觉得是一种错，我这也算是彻头彻尾地全都体会到那么一丁点了。

　　所以啊，三十岁之后，当工作已经由理想沦为生计，爱情已经被同化成亲情，我们是不是总得找一些能温暖自己的游戏呢？比如学一门没什么用，但是自己一直很想学的手艺；比如浪费一些时间，去做一些自己想做，却没时间去做的事。就像吹萨克斯，就像当流浪的艺人。所以我坚持着寻找、辨认、区分，为的并不是他们口中的出人头地，而是想在今后的今后，能拥有一个值得期待的、完整的、有意思的人生。

　　我明白，当初你所选择的归途，和我选择的旅途，势必将你我分割开来，像不可控的洪流选择了自己去向汪洋湖泊的路，你我的分开并不是因为地域上的距离，而是我们早都已经选择了自己的生活方式，并且也没有打算为彼此做出任何牺牲。而自欺欺人的愚钝让我们都巧妙地避开了羞耻的自私，将分离的罪名，嫁祸给现实。

　　欲望更迭理想的时代，现实也会挫败现实，各自都有各自的难处。

在分开这么久的时间里，我也曾无数次地问自己，是否为与你分离而后悔过。思而再三，我也只是感到遗憾。遗憾的是好不容易碰到一个觉得对眼的也还合适的人，就这么错开了。可惜不可惜、值得不值得都不重要，重要的是这一错开，想再找个合得来的人，居然这么难。

不后悔的原因是如果我当初没有选择背上包，走遍这个国度，或许我依旧是那个不知天高地厚，因为争风吃醋而冲昏头脑的毛头小子，我就不会是现在敲下这些字的我。虽然还有那么多缺点和不足，但是好在这么长时间以来的努力，也算是收获了一些东西。所以，我挺喜欢现在的我。

你一直说，我欠你一个离别。因为毕业时我的懦弱，你总觉得我们之间像是有些话还没说完，堵在心口，哽咽难受。我们下一次见面不知道会是什么时候，也或许再也不会见面了。我想，我们能为彼此做的，也就是把今后的人生活得有意思一点了，即使是为了自己可笑的虚荣心与自尊，我们也不忍心让对方看见，在错过彼此以后，自己过得有多狼狈吧。你说呢？

倘若余生之中，真有人能恰如清风，吹开我窗边的君子兰，掀翻我的日记，在字里行间中斟酌着相守的时光。这样的默契如果能再来一次，我想即使付出任何代价，我也绝不会辜负这一场好梦了。

当然，我也祝愿你，早日遇见那个人。希望今后的你，多一些感动，少一些难过。也希望你以后的眼泪，能再一次流到一个人的心里。

这是我欠你的离别，加油，珍重。

祝眉目舒缓，顺问秋安，天转凉，记得加衣。

Chapter 21

漫长的二十岁

贾彬彬

.

伊莎的高烧持续了三天。我第一次碰到有姑娘烧到 42 度仍然不肯去医院，也不愿意吃药的。她接过我递的水时，迷糊的声音如同撒娇，"一觉醒来我温度没下降再说去医院的事好吗？"

一觉睡醒她烧降到了 39 度，睡睡醒醒了三天，她回复到了漫长的低烧。

我去医院接伊莎时，她正站在人潮来往的十字路口，打开镜子补着口红，她的爱马仕香水——杏花、茉莉和栀子花糅合的香氛仿佛打开了一层新的屏障，来来往往的病人和病人家属相互搀扶从她身边走过，没有一个人不回头看她。

她先看到的我，朝我摆摆手，踩着露指高跟鞋朝我走过来，高开叉的长裙，一步便能露出半条白晃晃大腿。

她显得没有一丝异样，除了回到出租房后在卫生间里蹲了快一个小时以外。

我在厕所外如坐针毡，她终于把门拉开一条缝，说，那个，你带卫生棉了吗？

我拿着卫生棉推开门，她正一手把一头长发高高拢起，另一只手利索地剥下两弯扇子似的假睫毛。她脸色有些苍白，但仍露出一个俏皮的笑容把卫生棉接过，"不好意思，回来时忘记买了。流血还得有一阵子。"

我们第一次见面，是在朋友的饭局上。有个张爱玲爱好者聊起《小团圆》：

女主角和她第一个恋人拥抱时，还在上海，越过他的肩头瞥见家门框上雕着一只木头鸟。多年之后她孤零零在纽约打胎，抽水马桶里的水流抽走十英寸高的男婴——那个胚胎，她突然想起，这不就像是旧时门框上雕着的那只鸟儿吗。

当时酒已经渐渐喝起来，男生们聊起各自的姑娘或韵事。伊莎歪在椅子上喝着酒，也大声地调笑着。她看了我心不在焉的神情，探过来，问怎么了。我待得乏味，说，"你想出去走走吗？"

刚下过雨，灯光映在潮湿的地面上，又晃着黑黢黢的树影。伊莎很能打开话题，聊了一路都气氛松快。路过一家蛋糕店的时候，她突然说，"你等等，我买个蛋糕。"

蛋糕店很漂亮，橱窗是老式的八层奶油蛋糕，我看着最顶层洁白的奶油面上捏糖捏出的新郎和新娘，铺在新娘裙摆上的一圈星星。一回头发现伊莎也在我旁边，手里提着蛋糕，专注地看着橱窗，反倒是我显得呆呆傻傻。

"你在看什么呢？"我问。

她说："我在数新娘裙摆上的星星。"

我们往吃饭的地方走，她叮嘱我回去别提买了蛋糕的事。

我说，"怎么，你过生日吗？"

她说了一句很奇怪的话，"我给一个已经死了的人过生日。"

通常姑娘这么说，"死了的人"都是指有着深仇大恨的前男友。于是我识趣地不敢再问。

又走了一会，伊莎忽然说，是我十五岁时流掉的孩子——我的第一个孩子，明天生日，五月十二号，金牛座，跟我一样。我年年都给他买蛋糕吹蜡烛。

那是她初恋给她的。

十五岁之前的伊莎，人生一直是顺风顺水，家境优渥，从来没有吃过一点点苦，生活经验中还不需要为金钱操心。

她高中封闭在大山里，初恋在另一个高中。总是他坐车来看她，精神奕奕地提着一盒小蛋糕。有次伊莎也心血来潮，偷偷地翘课出去看他，才知道颠簸的山路要颠上五个小时，她一路吐了三次。下车时伊莎把气都撒在了初恋身上，初恋不吭声，把她一路背回去。

"从他背上下来时我才看到他满脸都是眼泪，"伊莎说，"我当时觉得，这辈子就他了吧。"

当时她还不知道，初恋每次要吃一个星期的馒头才能凑足路费和饭钱来看她。

他的生活，是她在发现怀孕之后才意识到的。当然两个人都没有异议地决定要把孩子打掉，但消化掉最初的难过与震惊后，伊莎却发现最大的问题竟然是钱。

自然她家里不缺钱，却告诉父母打胎这件事来要钱。伊莎她拿着一个月所剩无几的生活费，杵在大山里焦躁地等着初恋的消息。一个星期后他带着连拼带凑的一千块来找她，两个人去找小医院。

那天手忙脚乱，晕、虚弱、头重脚轻，我什么都忘记了，伊莎说，甚至忘了看孩子一眼，根本不敢。

孩子流下来后人要照一种光来护理，一个小时一千块，当时他们身上只有五百。初恋一直在求医生。医生是个四十多岁的阿姨，不肯还价，把初恋骂了个狗血淋头，一回头看到伊莎还靠在椅子上，静静地也不说话，没有意识地一直淌泪。阿姨叹了口气，把男生赶出去，让伊莎照了半小时的光。

光照好的时候，医生阿姨对伊莎说，小姑娘何苦找个穷的呢。
伊莎说，可是他对我很好。

傻，医生扶扶眼镜，图什么不要图男孩子对你好，这一秒他对你好，下一秒就可以对你不好，感情是会变的。

伊莎的初恋谈了五年，彼此都付出很多。第一个孩子，出国留学的机会，其他男生的追求，还有健康——也许是第一次流产时光照得不彻底，每年入春前后伊莎就要发一场高烧。初恋后来劈腿、欠债、辍学、做生意，两个人吵得无休无止，她想到自己的付出就不舍得。

又一次大吵过后，伊莎把他赶出门去，过了几天，她发现怀上了第二个孩子。这时候伊莎快二十岁了，她觉得这仍然是一次寻常的吵架。这个孩子忽然地出现，磨灭了她所有的小姐脾气和嚣张气焰，甚至还抱着一点天真的美梦。因为所在的学校是允许在校期间生子的。

她没有告诉初恋。二十岁生日当天伊莎跑去蛋糕店，找到了十五岁时他常给她买的、一模一样的小蛋糕。晚上蜡烛烧完了，烛泪冷透了，她坐在床上刷着朋友圈，看到他朋友圈里发的在 KTV 唱歌的视频。她才觉得有些什么不一样了。

几天后，他们第一个孩子的生日。伊莎打开门，发现初恋在床上呼呼大睡。

她问他还记得今天是什么日子吗。他把头埋在枕头里，说不记得了。

我从医院把伊莎接出来时，出租车上，她说，我发现没什么不同，我失去了两个孩子，还是没长大。

二十岁生日之前，连睿看到了父母的离婚协议书。父母商量了二十年，终于决定离婚。

连睿初中起叛逆不羁，从校长到老师到同学，都掀桌打过。父母苦劝，妈妈流着眼泪，拿出惯有的说辞：都是为了你我才没和你爸爸离婚啊。

年少的连睿对于长期不着家的父亲和神经质的母亲厌烦透了，说，"求求你们，为了我，快快离婚吧。"

校园一霸的连睿一直觉得离开家之前的生活都是噩梦，家里浓重的中药味，推开门是没清理干净的浣肠机器，与母亲无止境的争吵、挨打——他从被打，到操起菜刀反抗，父亲的长期消失，连睿觉得自己受够了这一切。

大一时连睿经常出去泡吧，在夜店每天不花上四位数就觉得是一件丢人的事。母亲打电话含蓄地问，交女朋友也不用花那么多啊。连睿冷笑一声，我交的是男朋友。连妈妈听得差点晕过去。长久不联系的父亲打电话来，连睿说，不管怎么样，你们没资格怪我，因为你们亏欠我。

连爸爸一气之下断了给连睿的生活费，连睿日夜跟着朋友厮混。他学的是摄影，接到活了便全拿去请客，吃饭喝酒。没钱的日子居多，就靠着兄弟朋友吃饭，死活都在网吧里。

再后来，就靠打游戏帮人练号赚钱。父母憋不住了打电话来，连睿说，"打什么电话，你们离婚了？离婚再打电话过来。"

今年过年时，连睿给我打了电话，问我过年怎么样。电话快挂时，他才说，"我爸妈好像真的要离婚了。"他语气还很平静。

半夜的时候他又一次打电话来，电话那头风把他的声音吹得支离破碎，我分不清那是他的哽咽还是噪声，他说爸爸打了妈妈，妈妈一气之下开车出去了，他好不容易找到，开车过着山道，刚刚差点出了车祸。

隐约地听到是连妈妈叫他的名字，他有些不自然地答应了一声，抽鼻子的声音格外响。

在我的记忆里这是我第一次听到连睿的哭声。

"哭有什么奇怪的，"连睿说。

"不奇怪，可是之前你都没有哭过，我觉得你是没有眼泪的人，"我回答。

我和连睿第一见面时是在一个咖啡厅，等的另一个朋友还没来。他那天鼻青脸肿的。我问起他，他指指马路对面的全家，说，"我昨天在那儿打了一架。"

我问为什么。

他嘿嘿笑了一声，说，"就是因为我站在全家门口抽烟，一群人路过，我说你看什么看，然后看什么看看你怎么了——就这样动手了。别说，动手时还挺开心，想着可久没打架了，一通乱打，结果打蒙了，那群人领头的缝针缝得比我多。"

后来他和那群在全家门口痛打一架的几个人成了生死之交，每人买了一辆摩托车。在那辆摩托车被交警没收前，有次连睿飞叶子飞猛了，夜班开摩托上了高架，结果下坡时摔了个狗血淋头。

"我跟你说，打过那么多次石膏，缝过不知道多少针，我一点眼泪都不掉的，骗你我是狗。"连睿跟我炫耀战绩时，脸上带着满不在乎的笑容。"怎么不痛——不怕就不痛。"连睿捶捶自己。

"他们这一次，是真的要离婚了。"连睿说，"我爸在外面有了人，那个人不要我爸的钱，就是要名分。"

事情是连妈妈发现的，连小三的家里也去过了。但告诉连睿时，她竟没有哭，她只是坐在沙发上，不断摩挲着自己的膝盖，叫着，"你不知道那个女人住在怎样一个房子里喔，我一辈子不会忘记这样的房子。"

没有粉刷的墙壁，屋子里甚至没有椅子，只有蹲坐用的凳子。

她说她进门前盯着那个女人的鞋子，一直盯着，要记着是穿着这样一双一百块一双的皮凉鞋的女人抢走了她的丈夫。连睿说。

连妈妈从那个女人家里回来后，换了家里的壁纸和沙发，然后开了煤气。之前连睿骗家里人自己是同性恋时，连妈妈一直嚷着要自杀，连睿说"那你去死吧跟我说什么"，结果连妈妈一直哭一直骂，也没有从楼上跳下去。但这一次却一滴眼泪也没有流就开了煤气。

连妈妈被救进了医院，连睿从学校赶了过去。

"你有没有想过挽留，"我问连睿。

连睿的神情是一种奇怪的轻蔑与自嘲，他摇了摇头，说，"我去过我爸爸的工地了。"

连睿的爸爸是个包工头，但连睿从来没有去过工地。因为连妈妈的事，连睿不得不直接跑到工地去找父亲。去了才知道父亲的工地出了事情，一个工人死了，厂商连大伙的工钱都没给就跑了。连睿怒气腾腾地跑过去，推开工地的门顶着尘土走到办公室时，父亲正给工人们一个个写欠条。工人们叫骂不休，连爸爸扑通就跪下了。连睿又一次哭了，又扶又跪，把工人们打发走一批时浑身都是土。连爸爸说，"你什么也不要跟我说，我也好累了，你快二十了，可以照顾好自己和你妈的。"

晚饭饭点的时候，那个女人来给连爸爸送饭，炒青菜、荷包蛋，就着点咸菜。那个女人问，"小睿你还有生活费没有？"连爸爸要掏钱，连睿急忙就跑了。

连睿把这个故事跟我说完，我们起身买单，各自 AA。他打开他的 LV 钱夹，只有寥寥几张十元纸币，硬币碰撞着发出声音。我看到夹层里的相片，是一张旧式的结婚照。

　　"当年他们打算分手时，发现有了我，然后就结婚了——我妈妈正搬家，我从家里偷了这个。"连睿说，他把照片抽出来，翻到背面，端端正正地写着一行小字：1994 年 2 月 12 日。

　　二十岁的一年是艾希觉得自己最失败的一年，艾希失去的有三：走过高三的男朋友，拉扯她长大的姨妈，还有她十八岁时养的猫：拉贝。

　　"可是你知道吗，失去拉贝时我最难过，因为它不只是爱情或亲情，它是寄托。"艾希一面说，一面喝下一口威士忌。

　　艾希的男朋友也喜欢小动物。在一起的一年，两个人尝试养过许多宠物，养过变色龙和蜥蜴，为了喂它们又带回来一笼子小蟋蟀，跑得满屋子都是，乱叫唤。养过兔子、热带鱼还有蛇，最后它们毫无例外，都一只只地死掉了。

　　那只兔子死得最惨，艾希描述，"我把它装在塑料盒里，第二天起床一看，屎尿混合物有一根手指那么高，它就泡在里面。"

　　艾希异常挫败，不仅为了宠物们的死，也为了付不起责任的自己。她想把一个生命呵护好，于是想起了自己的姨妈。

艾希小时候在姨妈家里住过好一阵子，姨妈家里有三只猫，金吉拉、加菲和三花，全部被姨妈养得又肥又圆、毛发光滑。姨妈搂着小艾希坐在沙发上看电视，总是肩膀上站着一只金吉拉，脚边卧着一只加菲，最肥的三花趴在艾希和姨妈并排的大腿上，艾希可以握着它撑开的手掌。

拉贝就是这么接到艾希家来的，它是姨妈家胖加菲和蠢金吉拉的杂交，来到艾希家里时不足三个月。姨妈手把手带着艾希和她的男朋友，给拉贝打齐了三针，教他们怎么吹毛，怎么治猫藓，怎么梳毛。

猫比人好，它不会哄你，你心情不好时它就在你面前摊着肚子，人对你总会感情变化，猫不会，猫总是需要你的。姨妈这么跟艾希说。

艾希参加姨妈葬礼的前一晚做了一个梦，梦见她的三只猫变瘦了，从门缝里钻出来，她推开门，发现姨妈披着毯子在午睡。手指上还戴着离婚前最常戴的红宝石戒指。

艾希从湖泊似的眼泪中醒来，下意识地打电话给男朋友——她忘记那已经是前男友了。艾希说，"我做了噩梦。"

话一出口，两个人都陷入了沉默。艾希为自己打了这个电话而更难过。

她说，"姨妈去世了你知道吗？"

前男友很诧异，说，"什么？"

"我想不明白为什么她会死，真的，为什么她不幸福，"艾希跟我说的时候眼泪涟涟，她这样好的一个人怎么被人欺负成那个样子，离婚了。她从来不抽烟、不喝酒，九点睡七点醒，怎么会忽然就咳血了，是癌症晚期。不到半个月人就没有了。

艾希不停地说着一句，"真的，我怎么都想不明白。"她燃起一根烟，看向窗外，又流泪，说，"这又不是电视剧。"

"那三只猫呢？"我问她。

"我去的时候，已经都打听好人家送人了。我听说不到一个月，那只加菲就跳下楼死了，"艾希说，它是最懒的，平时不要说窗台了，沙发都爬不上去——之前姨妈心疼它，都不肯阉它。快到春天了新主人怕它发情就把它阉了，母猫阉了后是会性情大变、抑郁古怪的。

姨妈的葬礼上，前男友抱着艾希，两个人都哭了。她还不敢跟家里人说这个谈了多年的男朋友已经分手，他们都没心情说这个。从姨妈的葬礼上出来后，他们到艾希家——他拿了一个拉贝梳毛用的梳子和拉贝最爱玩的铃铛，留作纪念。

拉贝走丢的时候，艾希和他刚分手，他们都心急火燎地找了好几天，毫无收获。前男友学校组织去外地写生，他前脚刚走，艾希就在小区旁的垃圾堆中扒拉出拉贝的一只爪子——它的右手掌上有一颗肉痣。

养拉贝的三年，它走丢过不下十次。第一次走失是它趁着艾希和前男友吵架溜出门的。发现拉贝不见了，艾希高跟鞋也没脱就冲出去了。找了三个小时，天都黑了，一边找两个人一边吵架，最后前男友拎着艾希的高跟鞋把她背了回去。

路上艾希问，如果拉贝不见了怎么办。前男友说，"只要你不要不见了就行，实在不行我们再问姨妈要一只来，好不好。"

回到家，一拉灯，原来拉贝从门后走了出来，牛奶碗已经舔空了。

从此仿佛成了默契，每次艾希和前男友吵架，拉贝就失踪，然后再由着两人一起把猫找回来。

"我差点就心软了，"艾希说，我看着他摇着拉贝用过的铃铛的时候，"我真想求他不要分手，不要这个时候分手，我受不了了。"

她又叫来一瓶威士忌，加了半指高的冰。

"你知道吗，我总梦到那一天。"艾希吐着酒气，气若游丝地说，"那天他拖着行李离开家，屋子里是争吵时我砸碎的香水的气味，满屋子的香奈尔，我埋在被子里哭，觉得自己随时要去死，然后猫就在这个时候无声无息地从柜子顶上跳了下来，躺到我肩膀边上，摊着肚子，望着我。好像是我只要摸摸它，一切就都能回得来。"